Tot BDSM

Entrada del Darrere

Erika Sanders

Tot BDSM
Entrada del Darrere
de
Erika Sanders
sèrie
Tot BDSM

ERIKA SANDERS

Sinopsi

Consta de les següents novel·les:
    Entrada del Darrere
    Forat Posterior Estret
    Descobrint l'entrada del Darrere
    Arriscada Aposta del Darrere

Tot BDSM és una novel·la de fort contingut eròtic BDSM i, alhora, una nova novel·la pertanyent a la col·lecció **Dominació i Submissió Eròtica**, una sèrie de novel·les d'alt contingut BDSM romàntic i eròtic.

(Tots els personatges tenen 18 anys o més)

Nota sobre l'autora:

Erika Sanders és una coneguda escriptora a nivell internacional, traduïda a més de vint idiomes, que signa els seus escrits més eròtics, allunyats de la seva prosa habitual, amb el seu nom de soltera.

índex:

TOT BDSM
ENTRADA DEL DARRERE
ERIKA SANDERS

ENTRADA DEL DARRERE

PRIMERA PART
SORPRESA D'ANIVERSARI

CAPÍTOL I

Eren les millors amigues a l'escola secundària. I van continuar sent millors amigues des de llavors.

Tot i que eren adults que vivien a la gran ciutat, amb les seves pròpies carreres i les seves pròpies vides ocupades, encara tenien temps per reunir-se almenys una vegada a la setmana en un cafè del centre, on compartien actualitzacions sobre les seves vides.

Encara estaven vestides amb la roba d'oficina mentre conversaven mentre prenien cafè.

"Llavors, s'acosta el meu cinquè aniversari", va dir Lesley, referint-se al matrimoni amb Rob.

Marlene va aguditzar la mirada. "Saps, 5 anys és un gran problema, especialment avui dia. Saps què significa, no?"

"Què?"

"Significa que hauràs d'aconseguir alguna cosa extra especial aquesta vegada, i viceversa també".

Per suposat, Marlene era l'autoritat en això. Treballava per a un lloc web de cites i era casamentera professional. També va ser terapeuta de relacions i consellera matrimonial.

Tant se val com dubtosa li semblés a Lesley la carrera de Marlene, no hi havia dubte que era efectiva. Marlene tenia una gran reputació per unir les persones i fer que les relacions difícils funcionessin. A la gran ciutat on vivien, la gent estava més que disposada a pagar molts diners a Marlene per la seva orientació.

"En aquest punt, és difícil aconseguir alguna cosa bona per a Rob", es va queixar Lesley. "És una persona discreta i ja té tot el que vol".

"Llavors fes alguna cosa especial. Prepara-li un gran menjar. Fes-li una festa sorpresa. Qualsevol cosa".

"Desafortunadament, Rob és un cuiner molt millor que jo. I odia les festes sorpresa. Pensa que són infantils".

"El bon sexe sempre funciona", va dir Marlene en to de broma, prenent un glop del cafè. "Els homes sempre aprecien una bona mamada sempre que sigui possible".

Lesley es va posar vermell, "Déu, mantingues-ho baix, vols?"

"Mira, tot el que dic és que 5 anys és un gran problema. Especialment aquests dies. És possible que vulguis pensar en alguna cosa especial".

"Està bé."

"Sempre tinc raó", Marlene va picar l'ullet.

CAPÍTOL II

El consell en si no estava malament. Lesley hi va pensar de camí cap a casa. Mentre es desvestia al seu dormitori, es va adonar de la dona afortunada que era.

Estava casada amb un gran tipus, tenia una gran feina i tenia un meravellós grup d'amics a qui confiar. Als 33 anys, li anava bé.

Però, què li regalaria a Rob pel seu cinquè aniversari? Ja tenia tot allò que volia. No era un paio primmirat. Era senzill al seu gust. Treballava com a venedor d'assegurances i al seu temps lliure gaudia dels esports i de sortir amb els amics. Això va ser tot.

Normalment, a Lesley li encantava el fet que ell fos tan poc exigent perquè li donava més temps per concentrar-se en les seves necessitats.

Ara, més que mai, volia fer coses sobre ell. Ella volia complaure'l. I estava decidida a fer que el seu matrimoni durés.

Es va mirar al mirall del dormitori. Encara es mantenia de bona manera. Era una atleta a l'escola secundària i la universitat, però des que es va convertir en una oficinista va ser més difícil mantenir la mateixa manera. Havia engreixat uns quants quilos al voltant dels malucs i les cuixes. La majoria de la gent no ho hauria notat, però ella sempre va ser conscient de la seva aparença i portava un registre de cada canvi que feia el cos.

És hora de reduir alguns carbohidrats, va pensar.

Si no, es veia genial.

Va lliscar a la seva roba de casa còmoda i informal: pantalons de xandall i una samarreta gran . Amb el gran aniversari apropant-se, era hora de ser una bona mestressa de casa i preparar el sopar.

CAPÍTOL III

La feina va ser interessant l'endemà. Lesley treballava per a una agència de publicitat mitjana, on va poder fer una feina que estimava. Li encantava col·laborar amb els col·legues i ser creativa.

Però en el fons de la seva ment, tot el que podia pensar era en el proper aniversari i en la conversa que havia tingut amb Marlene.

Amb tot avançat a l'oficina, Lesley va aprofitar el temps de descans per anar al bany privat i trucar a la seva millor amiga. Un consell gratuït sobre relacions sempre era benvingut.

Després de tot, si Lesley tenia raó, sabia que Rob devia haver planejat alguna cosa especial pel seu compte. Era fàcil fer alguna cosa especial per a Lesley. Tenia moltes coses que gaudia, incloses festes sorpresa, sopars elegants i, per descomptat, joies cares.

Els regals d'aniversari eren una cosa que Rob no oblidava mai. Cada any, s'assegurava de regalar-li una cosa molt maca. Cada any sempre aconseguia superar el regal de l'any anterior, raó per la qual Lesley va haver de pensar en una cosa molt especial.

Va entrar al bany i va fer la trucada usant el seu marcatge ràpid. Afortunadament, Marlene també tenia temps lliure i van conversar breument abans d'anar directament al gra.

"Crec que tens raó", va dir Lesley, asseguda al bany amb el telèfon a la mà. "Una cosa romàntica és probablement la millor idea".

"Ara ho estàs aconseguint. Bé per tu".

"El problema és que no tinc idees".

"Què hi ha dels vestits sexys? Ja saps, llenceria, sostenidor transparent i calces, aquest tipus de coses".

"A Rob no li agradaria això", va respondre Lesley. " Cada vegada que compro una cosa sexy, vol que m'ho tregui el més ràpid possible. Simplement li agrada la nuesa".

"¿Què tal el joc de rols? Hi ha molts escenaris candents".

"Massa enganxós".

"Sexe oral?" va preguntar Marlene. "On ets amb això?"

"No hi ha problemes allà".

"Empasses?"

"És pràcticament un hàbit", va respondre Lesley amb un toc de vergonya. "Aquí hi ha el problema, sembla que hem cobert totes les bases".

"Què passa amb el sexe anal?"

La pregunta va detenir Lesley en sec. Ella es va quedar estupefacta per un moment i en un estat de lleu incredulitat. sexe anal? Era realment la resposta? Marlene era l'experta i ho va esmentar per una raó.

"No hem fet mai això", va respondre Lesley.

Hi deu haver hagut alguna cosa en la resposta de Lesley, perquè el to de la seva veu va cridar l'atenció de Marlene.

Després de tot, Marlene era una dona especialitzada en cites, relacions i sexe. Ella va fer una carrera reeixida a partir daixò, que no molta gent pot fer.

"Alguna vegada has experimentat amb anal abans?" va preguntar Marlene en un to suggerent. "Vull dir, sense Rob. Ho has fet amb companys anteriors abans?"

Com a millors amigues, Lesley i Marlene han discutit la seva vida sexual abans, és clar, però mai amb tant de detall. El nivell de detalls estava començant a fer que Lesley se sentís incòmoda, però no es podia queixar. Després de tot, ella va ser qui va demanar el consell gratuït.

"No havia tingut mai sexe anal".

"Ni tan sols un dit?"

"He tingut un dit", va admetre Lesley. "Res més ."

"De veritat quan ?"

"Algun tipus amb què vaig sortir breument a la universitat?"

Marlene es va sentir intrigada. "De veritat, la universitat? Qui era? Mark? Dave?"

"Això no és important en aquest moment", va respondre Lesley, sacsejant el cap. "El més important som Rob i jo".

"Crec que hem trobat la teva resposta".

"Sexe anal?"

"Sí."

"Sexe al meu darrere?" Lesley va tornar a demanar confirmació.

"Això és més o menys el mateix".

"I com se suposa que funcionarà això per al nostre aniversari? Hauria d'obrir el meu darrere i dir-li que és hora de cardar?"

"Aquest és un bon començament".

"Estava sent sarcàstica", va sospirar Lesley.

" Bé , va ser una bona idea, però."

"Parlo de debò, Marlene".

"Jo també. Això no ha de ser ciència espacial. Als homes els encanta el sexe. De vegades, és així de simple. Posa't llenceria sexy, dóna-li una mamada calenta i ofereix-li la teva virginitat anal. Et garanteixo que Rob s'enamorarà de nou . Diables, fins i tot podria casar-se amb tu de nou".

Lesley es va quedar en silenci per un moment. La seva millor amiga tenia raó, sense importar com de lesciu semblés ser.

"Ho pensaré", va dir Lesley.

"Hi ha alguna cosa que encara no m'has dit".

"Què és això?"

"Rob alguna vegada ha demanat sexe anal?"

"Mai", va respondre Lesley.

"Creus que ho vol? Vull dir, alguna vegada t'ha fet un massatge al darrere? Fallaga el teu darrere? Mira el teu darrere fixament ?"

"Sí, a tot això. Creus que això és un senyal que secretament vol tenir sexe anal amb mi?"

"Podria ser", va dir Marlene. "Potser ho vulgui, però és massa tímid per demanar-ho".

"No ho sé. Si Rob volgués sexe anal, ho hauria demanat".

"Potser no vol espantar-te. O té por que pensis que és una mena de pervertit".

Lesley va assentir. "Potser."

Ara la darrera pregunta, que tampoc no has esmentat.

"Què és això?"

"Alguna vegada has fantasiejat amb el sexe anal abans?"

Déu, era una bona pregunta. Una la resposta de la qual Lesley va saber instantàniament, encara que li feia una mica de vergonya discutir-ho, fins i tot amb la seva millor amiga de totes les persones.

"És clar que sí", va admetre Lesley. "No recentment. Però se m'ha passat pel cap. Crec que se li ha passat pel cap a totes les noies en algun moment".

"Aleshores, què t'ha estat aturant tots aquests anys?"

"Què opines?"

"Digues-me."

"No és complicat", va respondre Lesley. "Per dir-ho sense embuts, les polles són grans, els culs són petits. En el meu cas, diminuts. És així de simple. Per això he fet el pas. No sóc de goma. Sóc un ésser humà".

"Afecte, moltes dones aquests dies tenen sexe anal. I moltes dones ho gaudeixen, molt".

"Incloent-te?"

"Definitivament jo".

Lesley va somriure, "M'imagino".

"Per què?"

"Semblas del tipus de sexe anal. Sense ofendre".

"Cap ofensa", va respondre Marlene. "El dolor val la pena l'orgasme".

"Realment se sent tan bé?"

"Podria dir-t'ho. O podries experimentar-ho tu mateixa, al teu aniversari amb Rob".

Lesley va fer una pausa per un moment. "Com sabré si això és adequat per a mi?"

Només hi ha una manera d'esbrinar-ho: preguntar-s'ho a ell.

CAPÍTOL IV

Aquella nit. Amb el seu aniversari a només uns dies de distància, Lesley va fer tot el possible per ser la dona perfecta.

Duia un bonic vestit i va preparar el sopar amb una recepta que havia après en línia. Naturalment, el menjar no va sortir gaire bé, però almenys ho va intentar.

Després de relaxar-se al sofà davant del televisor, finalment era hora d'anar al llit.

Es van besar apassionadament i Lesley es va descordar l'esquena del vestit. Mentre es preparaven per fer l'amor, el tema del sexe anal estava contínuament a la seva ment. Era tot el que podia pensar mentre es feien petons.

No volia fer malbé la sorpresa, però tampoc ho podia evitar. Només havia de saber si Rob pensaria que és una bona idea o no. El pitjor dels casos seria oferir-li sexe anal la nit d'aniversari, només perquè ell es disgusti. Aleshores seria massa tard. La nit estaria arruïnada.

Així que havia de preguntar ara. Va acabar el petó i va mirar el seu marit directament als ulls.

"He estat pensant", va dir ella. "S'acosta el nostre cinquè aniversari, com probablement ja sabies".

"Com podria oblidar-ho?"

"Aleshores, per què no fer alguna cosa especial?"

Rob va somriure, "Alguna cosa en ment?"

Era el moment de la veritat, i ella va intentar semblar el més confiada possible quan va fer la proposta.

"Vols provar el sexe anal a la nostra nit d'aniversari?"

Els seus ulls estaven fixos a la cara del seu marit, esperant qualsevol signe de reacció per poder analitzar-ho. Volia conèixer tots els seus pensaments i obrir-los a una nova aventura sexual.

Efectivament, a través dels canvis subtils a la cara de Rob, semblava que estava interessat en la idea, i Lesley va sentir una estranya sensació d'alleujament, com si hagués trobat el regal perfecte per al seu aniversari.

"Anal, eh? Això sona interessant. Has fet això abans?"

Ella va sacsejar el cap. "No, mai ho he fet".

"Ha estat això una cosa que has volgut per un temps?"

"Llarga història", va respondre ella. "Però una cosa així".

Va continuar somrient, "Per què esperar? Et veus bella amb aquest vestit vermell i tots dos estem d'humor. Per què no ho fem ara?".

"Ara?"

Merda, va pensar.

No estava ni mentalment ni físicament preparada. Però quin és el problema? Si Marlene ho podia fer tan fàcilment, també Lesley. Com havia esmentat Marlene, moltes dones ho fan avui dia.

Era hora de deixar de ser una covard i finalment perdre la virginitat anal.

"Portaré la vaselina", va dir amb una sensació d' autodesafiament .

"Estàs segura que vols fer això? Et veus tan... inquieta".

"Estic bé. Creu-me, estic bé".

Ell va fregar les espatlles. "Estic d'acord amb, ja saps, sexe regular. No ho hem de fer si no et sents còmoda".

Lesley va fer un pas enrere i va deixar caure el seu vestit vermell a terra.

"Ho dic de debò. Estic bé".

Estava gairebé en mode robòtic quan va agafar un petit recipient de vaselina proper i el va entregar al seu marit. Després va baixar les calces i es va inclinar sobre el llit.

L'estat d'ànim de sobte es va sentir fred i poc romàntic, com si fos al consultori d'un metge preparant-se per a un examen de pròstata. Mentre esperava en posició inclinada, es va adonar que el seu marit havia d'haver quedat estupefacte per la incomoditat i que ella s'havia oblidat de ser seductora a la seva primera aventura anal.

Però ja no importava. Rob tenia el lubricant. I el seu darrere nu apuntava cap a fora, llest per fer-se servir.

El so de la tapa de vaselina obrint-se la va posar més nerviosa del que s'esperava. Al fons, va sentir els mateixos nervis que quan va perdre la virginitat. I, en molts sentits, era el mateix. Estava perdent la seva virginitat una altra vegada, excepte que aquesta vegada, era la virginitat al darrere.

Una commoció va recórrer la seva esquena quan va sentir el dit índex cobert de vaselina de Rob empenyent dins del darrere.

"Ai!" ella va panteixar.

El dit de Rob immediatament es va allunyar del darrere.

"Estàs bé?"

"Estic bé."

"Vols seguir endavant?" va preguntar.

"I tant que sí".

Rob ho va intentar de nou, aquesta vegada una mica més suaument. Va empènyer el dit índex cap enrere al darrere, i va ser la sensació sexual més incòmoda que Lesley no havia sentit mai.

Era tan antinatural i incòmode tenir un dit lubricat al darrere. Pitjor encara, se sentia poc sexi.

Quan Rob va empènyer el dit fins al fons, els dits dels peus de Lesley es van corbar al pis de la catifa i el seu cos es va tensar.

"Treu-lo", va ordenar.

Rob va apartar el dit i va dirigir a la seva dona una mirada de preocupació, mentre ella s'alçava.

"Probablement va ser una mala idea", va dir.

"No, és una idea decent. És només que no estic preparada per a això en aquest moment. Això és tot. Podem tornar-ho a intentar més tard, a la nit del nostre aniversari".

Rob semblava confós. "Vols intentar-ho de nou?"

"Per què? No t'agrada?"

"No ho sé. Ni tan sols ho hem fet. Però et veies tan incòmoda quan el meu dit era al teu darrere".

Per alguna raó, això només va fer que Lesley se sentís més decidida a tenir sexe anal amb el seu marit. Potser va ser perquè seria la primera vegada per a tots dos. Seria com perdre la virginitat junts. La seva polla al darrere. Quin pensament tan romàntic, de manera molt estranya.

"Llavors està resolt", va somriure. "Sexe anal a la nostra nit d'aniversari".

"Ho dic de debò, Lesly, no hem de fer això".

"I ho dic de debò també. Estem fent això. Només necessito una mica més de temps. Mentrestant, fem l'amor de la manera adequada".

Es van abraçar i es van fer un petó.

Lesley estava decebuda amb si mateixa per no poder seguir endavant. Es considerava una dona forta amb vocació professional que podia superar qualsevol obstacle, però, anal? Això era una cosa fora del seu àmbit.

Definitivament tampoc no volia confiar en Rob, perquè això podria ser perillós. De cap manera confiaria el seu petit i delicat anus a un home sense experiència amb una polla semi-gran . Això estava fora de discussió.

No. El que necessitava era un expert. Algú que sabés què fer en una situació crítica com aquesta.

Per sort, sabia a qui trucar.

SEGONA PART
SEXY EXPERTA MILLOR AMIGA

CAPÍTOL V

L'endemà a l'oficina, la ment de Lesley estava consumida per la vida sexual. Tot allò que podia pensar era en sexe. I si realment podria seguir endavant amb ser presa pel darrere.

Mentre era al seu escriptori, li va enviar un missatge de text a la seva millor amiga sexualment experta. Quan Marlene va estar lliure per conversar per telèfon, Lesley es va dirigir al bany per tenir un breu moment de privadesa.

Després de fer la trucada i seure a la tapa del vàter, Lesley va deixar anar tots els detalls. Li va explicar a Marlene sobre la breu conversa amb Rob, la seva disposició i el dit que es va ficar al darrere. Li va explicar a Marlene tots els seus sentiments pel que fa a l'assumpte personal.

"No veig com una dona normal podria manejar això?" Lesley es va preguntar.

"Som el 2022, afecte, a moltes dones els agrada això".

"Estic segura que és només per complaure el noi".

"Espera", va dir Marlene. "Deixa'm enviar-te un enllaç. Mira-ho i després truca'm".

"És porno?" va preguntar Lesley, coneixent la seva millor amiga.

"En realitat, ho és".

"¿Posarà un virus al meu telèfon o alguna cosa així?"

"Dubtós. Miro aquest lloc porno tot el temps al meu telèfon, mentre se suposa que he d'estar treballant, i el meu telèfon està bé".

Lesley va sospirar, "Envia'l".

"Truca'm quan hagis acabat de mirar".

Lesley va esperar l'enllaç. Era avorrit i solitari estar asseguda al bany esperant un enllaç porno. Va ser una reflexió trista sobre l'estat de la seva vida personal.

Finalment, hi van arribar tres enllaços.

Lesley va obrir el primer, que era un enllaç a un lloc porno. El vídeo era un breu clip fet professionalment que mostrava una dona sent follada al seu anus per una enorme polla. Ho va avançar ràpidament, veient només les parts principals.

El segon vídeo tenia el mateix contingut.

El tercer vídeo era molt semblant.

Va sentir una mica de vergonya asseguda al cubicle del bany, amb el seu vestit d'oficina, veient pornografia al telèfon, quan se suposava que havia d'estar treballant. Solia queixar-se quan els homes ho feien, ara ella estava fent el mateix. Almenys tenia una raó legítima per a això, va pensar.

Després de fullejar aquests clips porno, va tornar a trucar a Marlene.

"Què vas pensar?" va preguntar Marlene en contestar la trucada.

"Vull dir dones normals. Aquestes són estrelles porno".

"Quina és la diferència?"

"Les estrelles porno són actrius", va explicar Lesley. "Estan fets per al sexe. És tot el que fan. I poden passar tot el dia posant-se en forma i preparant-se per al sexe. Sóc empleada d'oficina. És diferent".

"Bé. Espera. Truca'm en uns minuts. Deixa'm mostrar-te una mica més primer".

"Espera... espera..."

La trucada va acabar i Lesley va sospirar. Va esperar pacientment, finalment van arribar dos enllaços de Marlene.

Lesley va fer clic al primer. Era del mateix lloc porno, tret que aquesta vegada presentava una parella normal en lloc d'estrelles porno. Lesley va observar com una mestressa de casa d'aparença senzilla estava rebent sexe anal a la seva habitació per part d'un home, presumiblement el marit.

El següent vídeo va ser similar. Presentava una estudiant universitària d'aspecte senzill (lleugerament nerd) que tenia un orgasme anal, una cortesia d'un noi de l'equip de futbol universitari.

Lesley no era aliena al porno. Ha vist material softcore al cable amb el seu marit. De tant en tant, veien porno hardcore demanant-ho a comanda per donar vida a la seva vida sexual.

Però mai abans no havia vist porno amateur. Era estrany veure follar gent "normal". Era com ser un tafaner en la seva vida sexual. Va ser encara més surrealista veure els vídeos d'aquestes dones "normals" tenint sexe anal i estimar-ho absolutament.

Lesley va entendre el punt dels vídeos i li va tornar la trucada a la seva amiga.

"Està bé, ho entenc", va dir Lesley. "Les dones normals també ho poden fer".

"I tu ets una dona normal, oi?"

"L'última vegada que vaig revisar".

"Aleshores, per què no ho pots fer?"

Lesley va sospirar, "No en tinc ni idea".

"Perdó per sonar com una gossa condescendent. Honestament, en aquest punt, Rob probablement tingui raó. ¿Potser intentar alguna cosa més? Pregunta-li si té altres fetitxes. Hi ha d'haver alguna cosa".

"Prefereixo quedar-me amb tot l'assumpte anal".

El sentit de la relació de Marlene es va activar. "De veritat. Per què és això? Ara estic començant a pensar que una part de tu en realitat està desitjant que arribi això, sense importar com intents de combatre'l".

"Crec que està calenta. Suposo que Rob també pensa que està calenta. I, francament, tinc una mica de curiositat. Sempre he tingut certa curiositat. És l'única part del meu cos que no he explorat sexualment. Així que seria bo veure de què es tracta l'enrenou".

"Sembla que tenim una important missió per endavant".

" Així que estàs disposada a ajudar?"

"Per descomptat que ho estic", va respondre Marlene. "No hi ha manera que mai em perdi això".

"Alguna idea de què fer?"

"En realitat, tinc moltes idees. Mai t'ho he dit, però també sóc terapeuta sexual, a més dels consells de parella que dono".

"Ara no és el moment per a bromes".

"Parlo molt de debò", va dir Marlene amb una fermesa innegable.

Va ser suficient per convèncer Lesley. "Està bé, llavors, com comencem, assumint que puc fer servir els teus consells sexuals gratis?"

"El meu pagament és veure't tenir un poderós orgasme anal. En altres paraules, he d'estar-hi i participar, ¿d'acord?"

"Vols jugar amb el meu cul?" Lesley va preguntar amb incredulitat.

"UH Huh."

"És això una mena de cosa lèsbica? O es basa purament en els nostres anys d'amistat?"

"Totes dues coses."

Les celles de Lesley es van aixecar. "Està bé, això no és estrany en absolut".

"Es tracta de tu, ¿d'acord? Vols la meva ajuda o no?"

Lesley va agafar aire. "Vull."

"Llavors anem directe al gra, ¿d'acord?"

"Bé. Com procediries normalment amb això? Vull dir, si jo fos un client, un complet estrany, què faries amb mi?"

"Depèn del que permetis", va respondre Marlene. "Potser em reuniria amb vostès un a un per a un curs intensiu sobre anal. O potser faria una sessió de parelles, on ajudaria el seu marit a reclamar-ne el darrere".

"Tu, Rob i jo, alhora? Un trio?"

"És una opció viable".

"Funciona normalment?" Lesley va preguntar.

Però sempre avaluo amb compte. Ha de ser la parella correcta. Només persones que estiguin sexualment segures amb si mateixes i amb la seva relació. Després de tot, com a terapeuta i consellera sexual, l'últim que vull fer és obrir una bretxa entre la parella • La gelosia és una cosa molt perillosa.

"Interessant."

"Algun pensament fins ara?"

"Rob sempre ha fet broma sobre tenir un trio. A més, sé que pensa que ets molt bonica".

"M'inclino cap al trio pel que veig", va dir Marlene de broma.

"Alguna cosa així com."

"Si et fa sentir millor, tècnicament no és un trio. Recorda, jo estaria en un paper d'assistent. Això vol dir que prepararia el teu anus per a la penetració i Rob faria la resta".

"Això en realitat sona força calenta".

"Oh, ho és", va respondre Marlene.

"De debò estaries fent alguna cosa amb Rob?"

"No m'ho follaré, si això és el que tems".

"I què ?" Lesley va preguntar.

"Com vaig dir, prepararé el teu anus. Et lubricaré i començaré amb un lleuger estirament. Després, per dir-ho sense embuts, Rob et follarà immediatament després".

"Sona... bé... aventurer".

"Ho és", va reconèixer Marlene. "Però pot ser que hagi de tocar una mica a Rob, si cal. Guiaré el seu penis dins del teu anus per assegurar-me que no sigui massa dolorós. La penetració anal requereix un penis completament erecte, així que si no està prou erecte , puc he d'estimular-lo d'alguna manera. El més probable és que amb la meva boca".

" Així que faràs una mamada al meu marit?"

"Només si cal".

"Això és tranquil·litzador".

"Escolta, em vas trucar. No ho oblidis. T'estic ajudant de l'única manera que sé. Segons el meu historial, faig una bona feina en això".

Lesley va sospirar, "Gràcies, de debò. Ho dic de debò, ets la millor".

"No em donis les gràcies encara. Pots agrair-me després del teu primer orgasme anal".

"Tot això sona com l'experiència sexual perfecta per a un aniversari. Però ho admeto, és molt descoratjador".

"Sempre ho és. I no és per a tots".

"M'agradaria provar-ho", va dir Lesley. "Estic interessada. Realment ho estic".

"Has de ser absolutament positiu, o en cas contrari no podem seguir endavant. La nostra amistat és massa important. Mai no voldria arruïnar el teu matrimoni".

"Llavors li hauré de preguntar a Rob i veure com se sent sobre això".

Marlene va riure, "Què dirà Rob? No? Per descomptat que estarà bé amb això. No em follarà a mi. Et follarà a tu".

"Cert, però tot i així, millor ho truco i veig el que pensa".

"Tinc una millor idea."

"Quin és?"

"Trucaré a Rob", va dir Marlene. "Arreglaré les coses amb ell, llavors serà com una sorpresa per a tu. No vull que et segueixis estressant per això. La primera regla del sexe anal és relaxar-se. I això inclou la relaxació mental". ."

"Això té sentit. Llavors , ho trucaràs ara?"

"Sí, i necessitaré una cosa més de tu".

"Què és això?"

"Necessitaré una foto del que estic treballant", va dir Marlene. "Envia'm una foto del teu darrere nu i una foto clara del teu anus. Ara mateix".

"Vols que comenci a fer sexting a la feina?"

"No és sextejar", va insistir Marlene. "És una preparació anticipada per a un procediment mèdic important i delicat que involucra la salut conjugal i el benestar sexual".

"Marlene, és sextejar".

"Truca-ho com vulguis. Necessito aquestes fotos per determinar com procedir amb el procés anal".

"En altres paraules, vols saber què tan petit és el meu anus", va aclarir Lesley en to de broma.

"Exactament."

"Bé", va sospirar Lesley. "Ho enviaré en un moment".

"Perfecte. Mentrestant, trucaré a Rob per arreglar els detalls. Tinc un gran pressentiment sobre això".

"Jo també. Aquesta és, de molt, la cosa més pervertida i boja que he fet, però per alguna raó, crec que funcionarà".

"Això és perquè sóc una experta en això", va assegurar Marlene.

Les dues amigues van dir les seves paraules de comiat i la trucada va acabar.

Lesley es va aixecar del seient del vàter i es va mirar llargament al mirall. Mai abans no s'havia fet fotos nua, però si mai hi havia una bona raó per fer-ho, era aquesta.

Es va treure la faldilla i les calces de l'oficina i les va col·locar sobre un taulell. Estava de peu només amb la brusa botonada i les sabates. Estava nua de cintura cap avall. Parlant de moda, era una combinació molt estranya veure's així, especialment al bany de l'oficina de tots els llocs.

Després de girar-se, el darrere va mirar cap al mirall i també va apuntar la càmera del seu telèfon al mirall. Va fer una instantània del reflex del seu darrere, i oficialment va ser la primera foto nua que havia fet.

Després va venir la imatge més incòmoda. Va pensar en com havia de fer una foto del seu anus i després se li va acudir la solució. Es va ajupir i va posar el telèfon entre les cames, sota el seu cos. Quan va estar en la posició correcta, va prendre la instantània.

Es va posar dreta i va mirar la imatge del seu anus. Era la primera vegada que ho veia tan clarament. Va observar el color marró clar, la forma i les línies del seu anus. Definitivament es veia diminut, i prendre la polla de Rob allà seria un desafiament. Per sort, Marlene sabia què fer.

Lesley li va enviar un missatge de text amb les imatges explícites a Marlene i, de cop i volta, la situació va passar a un nivell completament nou.

CAPÍTOL VI

Aquella nit, mentre Lesley i el seu marit s'arraulien davant del televisor, tot el que podia pensar era en la follada anal que aviat rebria i com se sentia Rob sobre això.

Fins i tot amb tota l'acció a Game of Thrones, que és el programa de televisió favorit de Rob, Lesley seguia preguntant-se les mateixes coses. Sobretot perquè ni Rob ni Marlene no havien esmentat res. Lesley es va preguntar si Marlene havia trucat a Rob o no. Només hi havia una manera d'esbrinar-ho.

"Et va trucar Marlene avui?"

"Sí", va dir Rob amb un to inusualment tímid.

"I?"

"I crec que t'espera un regal especial", va dir amb un lleu somriure, que clarament estava intentant contenir.

Lesley estava mig enutjada perquè l'estaven deixant a la foscor respecte al resultat del seu propi darrere. Necessitava respostes i estava clar que ni Rob ni Marlene no se les donarien.

"Pots almenys donar-me una vista prèvia? Què he d'esperar?"

"Vaig prometre que no ho diria".

"Estàs absolutament segur d'això?" Lesley va dir amb una veu exageradament seductora, com si fos a funcionar.

"Sóc absolutament positiu".

Lesley va tornar a fer una veu sexi. "¿Si us plau, afecte? Faré això amb la meva llengua. Tot el que has de fer és donar-me una pista".

"Puc esperar", va somriure. "Només confia en mi en això. Marlene té una cosa especial guardada per a nosaltres".

"Tu creus?" Lesley va respondre amb la seva veu normal.

"Ho crec. Em va donar diversos consells per telèfon. I em va dir el que planeja fer amb tu. Sincerament, crec que això afegirà alguna cosa especial a la nostra vida sexual. Una cosa que mai abans no havíem fet".

Va ser intrigant per dir el mínim. En el fons, una mica de gelosia van entrar en acció.

"També te la follaràs?" Lesley va preguntar en un suau to femení.

Ell va picar de mans la cuixa. "Per descomptat que no. No siguis tonta".

"Aleshores, quin és el gran secret?"

"Ho descobriràs molt aviat", va respondre, i després va assenyalar la televisió. "T'estàs perdent les millors parts".

Amb això, Rob va tornar a centrar la seva atenció a la televisió. Mentrestant, Lesley va mantenir el seu enfocament mental al darrere que aviat estaria adolorit.

TERCERA PART
PRIMERES VEGADES

41

CAPÍTOL VII

Era un dissabte al matí, cosa que significava que cap no havia d'anar a treballar.

Lesley va seguir les instruccions que Marlene li havia enviat per correu electrònic la nit anterior. Les instruccions eren principalment sobre neteja i bellesa.

Va prendre una agradable i llarga dutxa sabonosa. Es va fer especial èmfasi en la neteja del seu anus i recte. Lesley va seguir les instruccions especials a la dutxa. De fet, ho va fer dues vegades per estar segura.

Després de la dutxa, Lesley es va asseure davant del mirall del seu tocador amb una varietat de productes de bellesa. Es va prendre el temps per veure's més desitjable del que ja era. Hi havia igual èmfasi en els cabells.

Quan va acabar, l'oficinista professional se n'havia anat. Era la nova Lesley, amigable amb el sexe anal. I es veia tan bonica com sempre.

Va completar la seva aparença amb sostenidor i calces blancs a joc, seguits d'un negligé blanc.

Tot el que va fer va ser dacord amb el consell de Marlene al correu electrònic.

Parlant d'això, va sonar el timbre. 10 am Just a temps.

Lesley i Rob van anar junts a obrir la porta principal. Allà hi havia Marlene, la terapeuta de relacions sexualment il·lustrada, amb un pentinat atrevit i dues bosses de compres.

Marlene va aixecar les bosses i va somriure, "Estem llestos per començar?".

De sobte, el que semblava ser un matí de dissabte ordinari es va convertir en el començament d'una cosa especial.

CAPÍTOL VIII

La parella va esperar ansiosament al seu dormitori mentre Marlene es preparava al bany. Una de les borses que va portar Marlene era per a la seva tinguda especial. Després de tot, no podia sortir en públic vestida com si estigués a punt per a una trobada anal.

Però això va plantejar la pregunta, què hi havia a l'altra bossa? Aviat ho descobririen.

Quan es va obrir la porta del bany, tant Lesley com Rob es van sorprendre en veure la transformació de Marlene.

La roba informal de Marlene ja no hi era. En canvi, estava descalça amb un negligé vermell, semblant al que portava Lesley. Marlene també es va maquillar amb glamour i també es va pentinar.

"Estem llestos?" va preguntar Marlene, adoptant una posse juganerament sexy.

Lesley estava una mica gelosa dels secrets de bellesa i la rutina dexercicis de la seva millor amiga. Va fer una nota mental per demanar consells més tard.

"A punt com es pot estar", va dir Lesley.

Rob hi va estar d'acord.

"El primer pas és estar preparats", va dir Marlene. "Ja hem fet això, òbviament, juntament amb la neteja necessària. Ara el següent pas és que et sentis còmoda i que jo et relaxi".

Lesley va sentir que el seu cony es contreia.

"Estic llesta."

Marlene va mirar al voltant del dormitori. Després va col·locar una tovallola sobre el llit conjugal de la parella, estenent-la prolixament.

"Abans que et fiquis al llit", va dir Marlene. "Probablement t'estigues preguntant què hi ha a l'altra bossa".

Lesley va assentir. "Tinc una idea força bona".

"És el kit anal que farem servir".

"Sona intimidant".

Marlene va ficar la mà a la bossa i va treure un petit consolador rosa. "En realitat, no. Es tracta principalment d'algunes coses petites i molt lubricant. Suficient per preparar-te per a la penetració de Rob després".

"Estic començant a sentir papallones a l'estómac".

"Llavors serà millor que comencem".

Lesley i Rob es van fer una gran abraçada llarga, seguit d'una sèrie de petons als llavis. Era gairebé com dir 'adéu'. Però en realitat, va ser la benvinguda a alguna cosa nova en la seva relació.

"Treu-te les calces", va dir Marlene.

Lesley es va ajupir i es va treure les calces, tirant-les. Estava nua de cintura cap avall, amb el prim vaig negligir cobrint el seu darrere i el seu cony, però això no duraria gaire.

Va pujar al llit exactament com li havia indicat Marlene. Amb els genolls sobre la tovallola i la cara enganxada al llit. El seu darrere estava a l'aire, i estava molt conscient que el seu cul i el seu cony estaven completament exposats a la seva millor amiga i al seu marit.

Va ser un moment incòmode. En molts sentits, Lesley es va sentir com una visita al metge. Excepte que en lloc d'un examen ginecològic típic, una pallissa profunda al cul aviat estaria al seu lloc. Però primer, hi hauria el joc previ. Oh Déu, quin tipus de jocs previs? Lesley va pensar.

Un parell de mans van fregar el darrere de Lesley. No qualsevol mà. Mans femenines suaus. Del tipus que només Marlene posseïa.

Oh déu, està començant.

"Aquí ve la teva sorpresa", va dir Marlene. "Sé que has estat molestant Rob amb els meus plans. Bé, aquí està. Crec que un bon petó negre femení és la millor manera d'estimular les verges anals. Ara relaxa't".

Oh déu, un petó negre. De Marlene?

Abans que lesley pogués dir una paraula, va sentir que les suaus mans li obrien encara més les natges. Sabia que el seu anus estava completament obert perquè el seu marit i Marlene el veiessin.

Després va venir la llengua. Oh déu, la llengua. El seu petit anus marró estava sent llepat per la seva millor amiga. Va llepar amunt i avall. Llit de banda a banda. Va llepar en totes les direccions. Després van venir els petons. Després llepant de nou. Després uns quants petons més en el seu anus.

Aconseguir un petó negre mai va estar a la llista de desitjos sexuals de Lesley, però estava tan contenta de sentir-ho. Si hagués sabut que era tan bo, li hauria demanat a Rob que ho fes fa anys la nit de casaments.

Ara, aquí era ella, de genolls, de cap per avall, mentre la seva millor amiga li llepava el cul. Sempre havia sabut que la Marlene era una persona molt sexual i experta en temes sexuals, però això? No podia saber que Marlene era experta a practicar sexe oral a l'anus d'una dona. La tècnica que estava fent Marlene era simplement massa bona per ser veritat.

Després va venir la peça final del petó negre. La llengua de Marlene va entrar. Oh Déu, va entrar. Lesley va sentir que li bavegen l'anus, la saliva corria pel darrere i dins l'entrada del seu recte.

Feia una mica de pessigolles, però sobretot se sentia sensacional, estimulant les terminacions nervioses que no sabia que existien.

"Déu meu", va gemegar Lesley, cap per avall al llit. "Aquesta llengua teva... Déu meu".

Marlene es va aturar breument. "És per això que em paguen molts diners".

I amb això, Marlene va continuar amb la seva llepa anal. La seva llengua llepant l'anell de l'anus, va seguir l'entrada al recte, després es va aturar.

"Estàs a punt per a la següent fase del teu llepat?" va preguntar Marlene, encara sostenint el darrere obert.

"Hi ha més?" va preguntar Lesley, encara cap per avall.

"Sí. Aquí ve. Ara relaxa't, afecte".

Marlene li va dir alguna cosa a Rob, que va ser tan breu i breu que Lesley no ho va poder sentir. Tot el que va sentir va ser el so d'arrossegar els peus. No podia veure'l ja que la seva cara era al llit. És clar, ella simplement podria haver-se capgirat per mirar el que estaven fent, però per què molestar-se? Li encantaven les sorpreses i esperava una sorpresa oral especial.

El següent que va saber Lesley va ser que Rob li estava menjant el cony des de baix. Mentrestant, Marlene va tornar als seus deures de petó negre.

Lesley va experimentar un assalt oral complet tant al seu cony com al seu anus, alhora, per part de les persones que més estimava.

Els seus ulls es van obrir i els seus llavis es van corbar mentre deixava anar un breu gemec. Era el doble del plaer oral. Rob li va xuclar el cony com mai abans. Marlene va accelerar el ritme de làmines anals.

En el fons, Lesley es va maleir a si mateixa per no haver fet això abans. Oh bé. Era una jove de 33 anys, li quedaria molt de temps a la vida per seguir gaudint del doble sexe oral.

Va sentir que s'acostava un clímax quan Rob va enfocar la seva llengua al seu clítoris. Era exactament la manera com a Lesley li agradava que li mengessin el cony. Comenceu al centre, després arribeu a l'orgasme amb l'estimulació del clítoris.

"Oh, Déu", va gemegar Lesley, de cap per avall, amb els ulls en blanc. "Crec que m'estic acostant".

Marlene va apartar breument la llengua. "Noia, veu per això".

Amb això, Rob va continuar llepant el clítoris més ràpid i Marlene va realitzar un remolí oral dins l'anus verge.

Lesley va desfermar un orgasme per a la història.

Ella va cridar en veu alta i el seu cos es va tensar. Gràcies a Déu que recentment havien comprat una casa, on podien tenir una mica de privadesa decent. Al seu antic apartament, un crit com el de Lesley sens dubte hauria cridat latenció dels veïns , i potser latenció de la policia.

Ara, en la privadesa de casa seva, Lesley ho va poder deixar tot. El seu cony i el seu anus van rebre una poderosa estimulació oral, cosa que va resultar en un poderós orgasme humit.

Quan va acabar, Rob es va allunyar de sota el cony i Marlene li va treure la llengua.

Lesley es va esfondrar al llit, un desastre humit i xopat, amb un somriure post-orgasme a la cara.

"Rob tenia raó sobre tu", va dir Marlene, admirant la seva millor amiga amb el darrere nu. "Ets força ximple".

"Merda..." ella va gemegar.

"Noia, ara només estem a la meitat. La clau per a un bon sexe anal és la lubricació i l'excitació. Jo diria que estàs més que excitada. I estàs molt ben lubricada amb la meva saliva. Però encara tenim feina per fer."

"Encara?" ella va balbucejar.

"Sí, ara torna a la teva posició, gossa mandrosa".

Marlene li va donar a la seva millor amiga un poderós palmell al darrere. Va ser suficient perquè Lesley tornés a agenollar-se amb el darrere a l'aire.

Mentre la seva ment encara trontollava per l'intens orgasme, la seva cara estava pressionada contra el llençol i va sentir que les seves natges s'obrien novament. Aquesta vegada, les mans eren molt més fortes, cosa que significava que Rob era el que sostenia el darrere de Lesley completament obert.

Això significava que Marlene tenia les dues mans lliures.

De sobte, Lesley va escoltar el so familiar d?una ampolla de lubricant en obrir-se.

Aleshores, Lesley va sentir que li empenyien el petit consolador rosa dins del seu darrere. Tenia només unes poques polzades de llarg, però se sentia enorme dins del seu diminut del darrere. El consolador rosa va ser empès cap a dins i cap a fora.

Se'l van treure, deixant una sensació de badall al darrere de Lesley.

Després, una mica més gran va ser pressionat contra el seu forat. Un altre consolador de la bossa de Marlene. Va ser empès amb més força, entrant al forat verge. A mesura que continuava empenyent-ho, Lesley va saber que aquesta joguina era molt més llarga (i més gruixuda), cosa que li feia una sensació molt més estirada.

Va sentir que l'anell del seu anus i recte s'empenyia fins al límit. Després, es va mantenir al seu lloc, cosa que li va donar temps al seu anus per acostumar-se a tenir alguna cosa d'aquesta mida al darrere.

Després, el consolador més gran va ser retirat, deixant una sensació de bocabadat en el seu delicat ullet.

De sobte, al fons, hi va haver aquests sorolls de succió/sorbits. Lesley va trigar un segon a adonar-se que Marlene probablement estava xuclant la polla de Rob, posant-ho dur i lubricat per al sexe anal. Aquesta gossa, va pensar Lesley.

Els sorolls de succió van cessar.

"Feliç aniversari, noia", va dir Marlene amb veu burleta.

"Feliç aniversari, afecte", va dir Rob.

Aquesta vegada, Lesley va sentir una mica més pressionat contra el seu cul. Era dur, però tenia una sensació suau. No hi havia dubte sobre això. Era la polla de Rob. El seu marit estava a punt de follar-se-la pel cul.

Va estrènyer el llençol i es va preparar per al que havia de venir.

Rob va empènyer. La seva polla va entrar. La penetració va ser lenta i suau. Gairebé se sentia com un expert penetrant-la, encara que ella no ho hauria sabut, ja que mai abans no l'havien follat pel cul.

Després es va adonar que es tractava dels consells que Marlene havia donat a Rob. Per això Rob va poder cardar-li el cul amb tanta facilitat. I també va ser gràcies a tota l'estimulació anal i l'orgasme que la Marlene m'havia brindat.

Tot estava funcionant a la perfecció. La polla semigran de Rob va poder penetrar el seu recte sense esforç, encara que el seu cul se sentia molt ple.

Finalment, va entrar completament i Rob es va recolzar en el diminut recte de la seva dona.

"Això és , noia", va dir Marlene, que es va moure per acariciar els cabells de Lesley d'una manera amorosa. "La part difícil s'ha acabat. Està completament endins. Ara diverteix-te i gaudeix de l'orgasme que segueix".

Les millors amigues es van agafar de la mà i es van mirar als ulls, mentre Rob lentament tirava de la seva polla cap enrere i després empenyia.

"Oh..." Lesley va panteixar. "Déu..."

"Tranquil·la, noia. Ho estàs fent molt bé".

La polla palpitant dins del seu cul va repetir el moviment. Rob va tirar enrere, després va donar una altra empenta, aquesta vegada una mica més forta, que Marlene li havia indicat en privat que fes abans.

Van arribar més empentes. Amb cada envestida, el cos de Lesley es va enfonsar més al llit. El seu rostre es va estrènyer més contra el llençol. El llit es va bressolar. Els seus cabells onejaven d'una banda a l'altra. Els seus petits pits es van balancejar.

Aviat, Lesley es va trobar rebent una pallissa total. El llit va tremolar i Lesley va començar a plorar.

"Està bé, estimada", va dir Marlene en un to tranquil·litzador, assecant-li les llàgrimes. "Ho estàs fent tan bé. El teu darrere va ser fet per a això. Seràs addicta a les agafades pel cul per quan el teu marit acabi".

Lesley es va preguntar com podia ser això cert mentre el seu darrere continuava sent arada. Dolia, però també se sentia bé. Era com el contrast perfecte de dolor i plaer. Ella estava sent estirada més enllà del creïble. Però també, les seves terminacions nervioses rectals estaven sent estimulades de maneres que no havia cregut possibles.

"Oh, Déu meu", va cridar Lesley. "El meu cul!"

Llàgrimes van rodar per la cara de Lesley mentre continuaven els cops. Ella podria haver demanat que s'aturés. Podria haver suplicat que acabés. Però no ho va fer. S'aventurava a nous territoris del seu cos.

Estava experimentant coses noves amb la sexualitat. I ella estava estimant cada segon.

Encara feia mal com l'infern. Però hi havia una innegable satisfacció. Marlene va sentir el plaer que estava sentint Lesley i va assentir lleument Rob, que era el seu senyal.

De sobte, Rob va començar a follar a tota velocitat. Lesley va cridar en veu alta, les llàgrimes van rodar per la cara, mentre el seu petit i delicat cul estava sent arada amb una força que no sabia que podia manejar.

"¡Oh Déu!!!!" ella va plorar pel seu plaer.

Aleshores ella es va venir. Ella es va venir per segona vegada aquell matí. Era un orgasme diferent de l'anterior. No va ser fluid i agradable.

No. Estava cru. Pur. Salvatge. Va ser un orgasme que va venir de la seva luxúria primària. I va fer un gran embolic per tot el lloc.

Gràcies a Déu que Marlene havia posat aquesta tovallola al llit.

L'orgasme va ser tan intens que Lesley no es va adonar que Rob ja havia ejaculat dins del seu recte, inundant el petit forat.

Per segona vegada aquell matí, Lesley estava de cap per avall, col·lapsada al llit, amb el seu darrere nu exposat.

Tant Rob com Marlene van admirar la feina: una Lesley atordida, recolzada en pura felicitat orgàsmica, completament mullada entre les cames.

EPÍLEG

Quan Lesley va arribar a casa de la feina, amb una petita bossa de compres a una mà i una bossa a l'altra, estava de molt bon humor.

Va deixar la bossa a prop de les escales i es va acostar al seu marit a la cuina, que també estava a la roba de feina.

"Ho sento, vaig arribar una mica tard", va dir, fent un petó a Rob als llavis mentre encara sostenia la petita bossa de compres.

"Què és això?"

Ella va somriure, estenent la bossa, "Aquest... és un petit i bonic regal que em va donar Marlene. Vam prendre cafè fa una estona".

Lesley va treure una ampolla petita i va llançar la bossa sobre el taulell de la cuina. L'ampolla era transparent i contenia un líquid transparent. Però el que més es va destacar de l'ampolla va ser que indicava clarament que només era per a finalitats anals.

De fet, la substància de lampolla es va fer específicament per al sexe anal. Era un nou producte fet per fer que el sexe anal fos molt més fàcil.

"Oh, Déu meu", va dir, amb les celles aixecades.

"La teva polla. El meu cul. Ara mateix".

Lesley va lliurar l'ampolla al marit. Es va girar i es va treure les calces, llançant-les a terra. Va obrir les cames i es va inclinar, aixecant la part de darrere de la falda d'oficina. Després va col·locar les mans sobre el taulell de la cuina, amb el cul apuntant cap a fora.

Mentre Rob abocava la nova ampolla de lubricant al seu anus, Lesley mirava cap al jardí. Era un dia bonic i el sol s'estava ponent. Es va adonar de la dona afortunada que era. Estava casada amb l'amor de la seva vida i havien trobat la manera de portar la vida sexual al següent nivell. Ella també tenia la millor amiga perfecta, la que va fer tot això possible.

La vida era bona.

Una simple empenta, i la polla de Rob va entrar al seu petit ullet. En aquell moment, Lesley s'havia acostumat que la polla li estirés el darrere.

Aquesta vegada semblava més fàcil. Marlene tenia raó, aquesta nova ampolla de lubricant era increïble, cosa que significava que hi hauria molt més sexe anal en el futur de Lesley.

FORAT POSTERIOR ESTRET

55

CAPÍTOL I

La polla de Dick va envair lentament l'anus arrugat i lubricat de Samantha i després va sortir al mateix ritme. L'escena sensual es va repetir diverses vegades i la calidesa del seu canal estret aviat el va fer desitjar més. Intentant ignorar la seva falta de control sobre la velocitat desesperadament lenta, es va concentrar en la seva dona mentre movia el cul amunt i avall de la seva longitud. Amb els canells i els turmells encadenats al llit, no va tenir més remei que acceptar la novetat de ser utilitzada com a joguina sexual.

El gir inusual dels esdeveniments va començar el dia abans. Quan anava cap a la feina, el mòbil de Dick va sonar exactament a les 7:10 del matí, com s'esperava. Fins i tot sense comprovar l'identificador de trucades, sabia que era la seva dona, que trucava cada matí a la mateixa hora.

En contestar la trucada amb mans lliures, Dick va saludar a Samantha cordialment,

"Hola bebé."

"Ei! Ja em trobes a faltar?" La veu de la Samantha era plena d'humor, ja que s'havien separat una hora abans.

Dick va bufar,

"Per descomptat! Ja has llegit alguna bona història?"

Durant la seva rutina d'exercicis matinals, a la Samantha li agradava llegir històries al seu bloc de literatura eròtica favorit. Va seleccionar les categories "Anal" i "BDSM" i esperava trobar els nous descobriments cada dia. Si algú li feia pessigolles, li deia a Dick, amb gran detall, durant els seus viatges separats a la feina.

"De fet, he llegit una història "Anal" molt calenta", va dir amb nostalgia. "Un marit va lligar a la seva dona com a càstig, i després li va fer un passeig molt dur pel cul. Em va posar molt excitat".

Captant la seva pista no tan vaga, el to de Dick era suau,

"Oh de debò".

"Ja saps... fa temps que no hem tingut temps de jugar a jocs pervertits. I... bé... últimament he estat una noia molt entremaliada. Estic bastant segur que mereixo un càstig". Fent tot el possible per sonar contrit, va aconseguir semblar dolorida.

A la Samantha li agradava molt el sexe anal, que va ser una benedicció per a Dick. El problema era que va cridar com un diable durant els orgasmes anals. Amb els nens adolescents encara a casa, les seves possibilitats d'alliberar-se eren poques i distants.

Sabent que la seva dona estava desesperada pel sexe pervertit, Dick va acceptar la seva invitació no tan subtil amb calma. Ella tenia raó; feia molt de temps que no gaudien d'una nit salvatge. De fet, es va sorprendre que li hagués trigat tant a proposar una cita sexual secreta, i va estar totalment d'acord amb la direcció de la seva conversa.

En resposta al desig obvi de Samantha, Dick va fer la seva part. "Seré el jutge de si realment et mereixes un càstig. Ara digues-me què has fet", va dir amb un to autoritzat.

"Bé, d'una banda, estic accelerant ara mateix", Samantha sabia que era un esforç feble, però aquest era només el primer llançament.

Dick va sospirar, decebut: "Tens pressa cada dia. Això no és realment digne d'un càstig".

"Oh", sense importar-li el seu error, estava preparada per al segon llançament. "Bé, vaig demanar prestat 30 dòlars de la teva cartera abans d'anar a treballar".

Dick va riure: "D'acord... no és una gran sorpresa. La majoria dels dies em sento com el teu caixer automàtic. Això és tot?" Va preguntar, esperant més de la seva dona enginyosa.

Després d'haver guardat el millor per al final, Samantha confiava que estava a la vora de l'èxit,

"Així que resulta que els Morrison ens van convidar a sopar divendres a la nit i vaig dir que ens agradaria assistir".

Hi va haver un silenci de mort durant diversos moments mentre Dick processava les notícies no desitjades. Ella sabia perfectament que no li agradava passar temps amb els Morrison. Tot i que la dona era una estimada amiga de Samantha, el marit era socialment incòmode.

"Petit", va dir Dick, després d'aclarir-se la gola en veu alta, "de debò et mereixes un càstig per això. Deixa'm veure què puc fer per fer lloc al meu horari demà a la tarda".

Quan Dick va utilitzar el seu sobrenom de joguina sexual, el cony de la Samantha es va estrenyir. Estar a mercè del seu marit, mentre ell utilitzava el seu cos per plaer, era el més emocionant. Afortunadament, l'endemà estaria llest al migdia, que era el moment perfecte.

Atorada per l'èxit, Samantha amb prou feines va contenir la seva alegria,

"Oh noi! Um, vull dir... oh no! Bé, hauré d'acceptar qualsevol càstig que creguis que s'adapti al crim. Però, el meu cul s'ha sentit molt malament per haver-me deixat fora últimament".

Molest pel proper sopar amb els Morrison, Dick va decidir burlar-se de la seva dona com a venjança parcial.

"Potser el teu càstig és renunciar al coit anal", va fer broma amb la seva veu més seriosa.

Sorpresa, la Samantha pràcticament es va sufocar.

"Bebé, el càstig sempre ha d'incloure l'anal!"

"No estàs en condicions de fer exigències, petit". Dick va mantenir el seu turment, amb un somriure irònic a la cara. "Tendré en compte la teva petició, però no comptes amb sortir-te'n amb la teva. Va ser una transgressió força greu. Ara em poso a la feina. Podem parlar més després".

Desanimada, Samantha va respondre:

"T'estimo".

"Jo també t'estimo", va penjar Dick, satisfet amb ell mateix per haver donat un a la seva dona.

Al seu cotxe, la Samantha es va horroritzar pel gir dels esdeveniments. El seu pla intel·ligent per induir una dura sessió anal havia descarrilat de sobte.

Segurament, en Dick deu saber quant volia una sessió de cul dur!

Suposant que podria convèncer-lo d'obeir, Samantha va idear ràpidament un pla per donar-li unes Margaritas. No hi havia manera que pogués resistir l'atractiu del seu cul ansiós amb un fort cop de tequila al cos i sabia el lloc que s'adaptaria a les seves necessitats.

CAPÍTOL II

L'endemà, la Samantha i el Dick es van trobar a casa just abans de dinar. Quan va suggerir un viatge ràpid al seu restaurant mexicà preferit, ell va acceptar. No només les begudes eren fortes, el menjar era excel·lent i, el més important, el servei era ràpid.

Com és habitual, van demanar un estand aïllat. Després de seure, dues de les teves margarides preferides van aparèixer màgicament a la taula i la teva comanda de menjar es va atendre ràpidament. Amb els preliminars fora del camí, van prendre un glop i es van relaxar.

Samantha, una persona molt directa, no va tenir cap escrúpol a parlar amb franquesa. Amb l'esperança que Dick s'hagués oblidat de la seva absurda idea de retenir el sexe anal, va decidir provar sort.

"Ei, nena, estic bastant excitada. Ens tornarem bojos aquesta nit", va dir, mentre li feia una suggerent l'ullet.

Dick va riure, endevinant que la Samantha estava preocupada per la seva amenaça d'evitar el joc anal. Tot i que tenia tota la intenció de perforar-li el cul llarg i fort, va pensar que seria divertit continuar amb la seva estranya.

Aixecant una cella i mantenint la cara de pòquer cap amunt, va dir: "Avui, ho mantindrem discret. Després de tot, Petita, et mereixes un càstig".

"Haha, molt divertit. Posa't seriosament i deixa de tontejar-te", va dir ella, intentant emmascarar la seva òbvia preocupació.

Tot i que normalment era un actor terrible, Dick se sentia confiat en la seva actuació. La Samantha s'estava retorçant realment davant dels seus ulls i va ser bastant entretingut.

Es va inclinar i va parlar amb severitat:

"No us equivoqueu, la meva decisió està presa".

"Però amor, no t'agrada follar-me el cul mentre estic lligada al llit? Em pots posar de genolls, amb el cul aixecat i fer el que vulguis amb mi". Ella va intentar temptar-lo pintant una imatge eròtica. "Imagina't que la teva polla dura s'enfonsa al meu petit forat... imagina els meus crits quan em fas venir... pensa en el meu cul apretant mentre la teva polla buida la seva càrrega dins de mi! Anem, necessito que m'entreguis una bona quantitat. de semen a la meva porta del darrere! Si us plau...!"

Sempre impressionat per l'entusiasme anal de Samantha, la polla de Dick es va endurir immediatament. Ah, sí, tenia previst fer tot això i més. Però de moment, estava gaudint de la farsa.

"He pres la meva decisió. L'anal, la servitud i el càstig avui estan fora de qüestió", va dir, aconseguint semblar desinteressat.

Veure la cara de la Samantha parpellejar de frustració va ser molt divertit per a Dick. Esperava que canviés d'estratègia i no es va decebre.

La Samantha es va moure ràpidament, intentant culpar-lo.

"Però nena, ets tu qui m'ha enganxat a l'anal! Si t'ho penses, això és realment culpa teva. Em deus un bon cul!"

Hi havia una mica de veritat en la seva declaració. Dick havia trigat més de vint anys a convèncer la Samantha que el sexe anal valia la pena provar-ho. Quan es va adonar que els orgasmes anals eren reals i rivalitzaven amb la varietat vaginal, ningú la va aturar. En cert sentit, va ser el responsable de crear aquest monstre anal.

Intrigat per veure on podria anar després, Dick va continuar estirant de la seva cadena: "La posició missionera i la penetració vaginal serviran per avui, petita".

La cara de la Samantha es va torçar d'incredulitat. Aquest tipus de sexe estava bé durant la setmana, quan havien de callar perquè els nens eren a casa. Però aquesta dolenta oportunitat era massa preciosa per desaprofitar-la!

Decidida a provar l'adulació, Samantha no va perdre cap ritme.

"D'acord, escolta. Seré totalment honest. Si no fos tan bo per colpejar-me el cul, ni tan sols voldria fer sexe anal. No s'haurien de malgastar habilitats com la teva".

Amb els ulls entrebaixats, la resposta de Dick va ser senzilla:

"Bon intent".

"Bebé, si us plau, lliga'm i fot-me el cul! Fa massa temps que juguem i ho necessito molt", es va queixar, com a últim recurs.

Dick va negar amb el cap i va pensar a simpatitzar amb ella. Si li confessava que era una broma a costa seva, es calmaria. A punt de parlar, de sobte va sentir el seu peu nu directament a l'entrecuix. Amb els dits dels peus, va acariciar suaument la seva erecció dura com una roca sota la taula mentre somriu amb victòria.

"Seguis dient 'no', però la teva polla diu 'l'infern, sí'. Tinc raó?" va xiuxiuejar la Samantha, amb els ulls brillants d'alegria.

De sobte, sense voler rendir-se, Dick va respirar profundament diverses vegades i va intentar centrar-se en pensaments poc atractius. Imaginar-se el sopar als Morrison el va fer sortir de l'abisme.

Parlant lentament i suaument, va respondre:

"Les meves regles avui es compleixen".

La Samantha va arronsar les espatlles i va sospirar,

"D'acord, guanyes, Baby. Gaudim el dinar i tornem a casa. Meri, potser hauríem de relaxar-nos. Sembles una mica tens".

Les seves ordres van arribar i la parella ràpidament els va fer menjar, mentre discutien altres assumptes. En Dick es va sorprendre que la Samantha aconseguís deixar la conversa enrere, ja que no li agradava perdre.

En el fons de la seva ment, la Samantha es va sentir justificada pels preparatius fets a principis del dia. Dick havia optat per jugar amb foc i aviat es cremaria. Estava totalment preparada per actuar i agafar la seva polla pel cul.

CAPÍTOL III

Quan van arribar a casa, la parella va pujar directament al seu dormitori. Dick es va asseure a la cantonada del llit mentre la Samantha es va treure lentament els texans i la camisa blanca amb botons. Sabent molt bé que gaudia d'un bon striptease, es va assegurar d'exagerar els seus moviments. Quan estava a punt de treure el sostenidor d'encaix negre i la tanga a joc, es va acostar al seu marit i es va treure la roba interior davant d'ell.

Dempeus nua davant seu, Samantha va mirar en Dick sincerament i li va preguntar:

"Caram, et puc fer un massatge? Et mereixes un per ser tan pacient amb les meves travessias".

Tot i que Dick estava disposat a colpejar el cul de la seva dona sense sentit, el suggeriment reflexiu de la Samantha el va emocionar. Els seus massatges eren bastant decents i van consumir molt de temps.

"Això és un bon negoci, Petita. Endavant. Però primer, despulla'm".

Enrogint-se dolçament, Samantha va respondre:

"Encantat".

Com que Dick havia deixat la jaqueta i la corbata a baix, no va trigar gaire. Ella es va enfilar al llit i es va ajupir directament darrere d'ell, posant els genolls a banda i banda del seu cos. Arribant al seu pit, li va desbotonar la camisa i se la va treure. Va seguir la seva senzilla samarreta blanca.

"Aixeca't i gira't", va xiuxiuejar seductorament.

Dick va seguir les seves instruccions que van posar la seva pelvis directament davant de la seva cara. Mentre el mirava als ulls, la Samantha es va descordar el cinturó, es va treure la cremallera dels pantalons i després la cremallera. Estirant, li va baixar els pantalons i la roba interior, deixant-lo nu i semierecte.

"Ara, estireu-vos i deixeu que els meus dits facin la seva feina", va dir mentre tocava el llit.

Feliç de complir, Dick es va estirar al mig del llit, boca avall. Després de posar-se a cavall, la Samantha es va asseure al centre de l'esquena.

Començant per les seves espatlles, va parlar amb preocupació:

"Oh nena, els teus braços se senten tan estrets! Posa'ls sobre el teu cap perquè pugui treballar tots els teus grups musculars".

Dick es va distreure molt amb la taca humida que es formava a l'esquena sota el cony de Samantha, però va aconseguir registrar la seva sol·licitud. Estirant els braços cap als coixins, va ser vagament conscient que la Samantha va lliscar cap endavant, fins que es va quedar entre els seus omòplats. Després d'inclinar-se a la vora del llit, semblava agafar alguna cosa. Llavors, ràpid com un llamp, va sentir acer fred al voltant dels seus canells i va sentir el clic revelador de les manilles.

El cap d'en Dick va girar cap enrere mentre tirava de les seves mans i les va trobar restringides. La realitat colpeja fort; la seva esvelta dona l'acabava de deixar caure, no poca cosa ja que pesava molt més. Immediatament després, el diable àgil es va escapar del seu cos i es va asseure al seu costat.

Tot i que es resistia a mirar la seva dona, que segurament estava orgullosa de la broma, Dick va girar el cap cap a un costat. El que immediatament li va cridar l'atenció va ser el cony relliscós que es mostrava entre les seves cuixes àmpliament esteses. Va gemegar, sentint-se estúpid per haver estat atrapat boca avall.

"Ha! T'he enganyat totalment!" va cridar ella.

Dick sabia que no estaria contenta amb això, ja que la Samantha era propensa a regodejar-se. Com que en general estava tranquil, va tenir la temptació d'unir-se a la seva alegria, però va decidir fer un balanç de la situació.

"Bona jugada, Petita", va admetre, sempre cortès. "Llavors, què passa després?"

Samantha no havia acabat de cridar:

"Sant guacamole! De fet t'he capturat! Tant de bo haguessis vist l'expressió de la teva cara! Tot un poema!"

"Sí, m'has agafat seriosament. Quin és el final del teu joc?"

Rient-se del seu joc de paraules involuntari, ella va respondre.

"És més com el meu joc de 'culo'!"

Prenent diverses respiracions profundes, es va calmar. Agrair a Dick era definitivament part del pla i ella volia tranquil·litzar-lo.

"D'acord, d'acord! Uf! Aquestes són les teves opcions. Adjuntaré les manilles a un petit tros de cadena que està subjecte al pal del llit. Això et deixa lliure de rodar cap a l'esquena. Si tries aquest camí, ho faré. posa't a la teva polla per fer-ne un bon ús. Però estaràs completament a la meva mercè per canviar. O... em puc quedar aquí i jugar amb mi mentre fas la migdiada. Depèn totalment de tu, amor".

Dick es va decidir immediatament, però va fer una demostració de reflexionar-hi,

"A veure, puc deixar-te utilitzar la meva polla, o estirar-te aquí com un paquet per roncar. Vaig a l'opció número u."

Aplaudint com una nena, Samantha estava encantada. Tot i que preferia un paper de submissió durant els jocs pervertits, Dick va prémer un botó desconegut anteriorment amenaçant amb negar el seu sexe anal. No podia culpar ningú més que ell mateix per les seves mesures extremes.

"Excel · lent!" Ella va exclamar. "Ara gira-te i mantén les cames separades. Necessito encadenar-te els turmells".

Recolzat en un colze, Dick va girar el seu cos com la Samantha li va dir. Va saltar del llit i va treure uns turmells metàl·lics que aquell dia devia haver amagat sota el matalàs.

Una vegada que totes les extremitats de Dick van ser restringides, Samantha va estudiar amb orgull la seva obra. Amb la mirada fixa en la cara del seu marit, li va besar el front amb tendresa.

"No et preocupis, nena. Seré amable", li va xiuxiuejar directament a l'orella.

Dick, un noi tranquil, es va riure del petit embaucador:

"Bé, petit, sembla que em tens just on em volies".

"Bé, sí que et tinc. Gràcies per adonar-te'n", va riure mentre es dirigia cap a la porta. "Ara, queda quiet i tornaré de seguida".

Estar restringit va ser una nova experiència per a Dick. La parella havia estat involucrada en l'esclavitud des del començament de la seva relació i durant les seves tres dècades juntes, Samantha havia passat innombrables hores emmanillada, encadenada i fins i tot en una empalizada. Mai abans havia expressat el seu interès a donar la volta a la taula, així que va ser un gir inesperat.

En Dick va quedar impressionat que la Samantha aprofités la seva gran experiència per lligar-lo al llit. Posant-li a prova la mobilitat, estava realment orgullós que hagués aconseguit assegurar-lo sense causar-li dolor.

Les manilles no estaven massa ajustades als canells/turmells, ni les extremitats estirades fins al punt de molèsties. En definitiva, va ser un esforç força reeixit.

La seva atenció va canviar després de notar que la Samantha havia tornat i estava parada al mig de l'habitació.

Dir que s'havia vestit per a l'ocasió hauria estat un eufemisme.

CAPÍTOL IV

"T'agrada el que veus?" Els ulls de la Samantha brillaven maliciosamente mentre modelava per a ell amb el seu nou vestit.

Normalment preferia la llenceria suau i femenina, però aquesta tarda havia anat en una nova direcció. Una cotilla de cuir negre sense tirants li donava l'aspecte d'una dona que controlava. Ja petita, va accentuar encara més la seva petita cintura, alhora que va aconseguir que els seus pits petits semblaven més grans. Va optar per anar sense calces, deixant el seu sexe sense pèl exposat per al seu plaer visual. Una mica més avall, fins a la cuixa, unes mitges negres transparents abraçaven les seves cames tonificades. Completant el conjunt eròtic, va portar tacons negres d'aspecte sever.

La mandíbula d'en Dick va quedar oberta mirant meravellat l'aparició de la seva dona, vestida amb un vestit tan atrevit.

"Merda! Et veus MOLT calent, Petita!"

Allunyant-se d'ell, va inclinar els malucs cap a un costat i es va donar unes copes al fons. Amb la seva polla ara en forma de pal ple, va lluitar breument per aixecar-se abans de recordar que estava lligat al llit.

"Petit, deixa'm aixecar i et donaré el cul més dur de la teva vida", va dir, intentant negociar.

Samantha va negar amb el cap mentre reia,

"Oh, vaig a tenir un viatge difícil, no et preocupis. Vas tenir la teva oportunitat i l'has desaprofitat. Estic planejant agafar el que vull pel meu compte".

"Anem! Només estava fent broma sobre la retenció del sexe anal. Canviem de lloc", va suplicar.

La Samantha es va arronsar d'espatlles i va respondre:

"Has colpejat la tecla equivocada, nena. El que està fet està fet. Ara si insisteixes a parlar, hi haurà conseqüències".

"Però", va començar.

"Exacte! Però..." va respondre ella fent cometes amb els dits. "Aquest és el nom d'aquest joc. Ara, us vaig advertir que calleu i desobeïu".

La Samantha es va tocar el costat de la boca amb el dit índex i va estrenyir els ulls en falsa concentració.

"A veure, com he de tractar la teva desobediència? Ei, tinc una idea", va dir, agitant les mans seriosament. "En lloc d'esbufar, hauríeu d'utilitzar la boca per complaure'm!"

En sentir que el joc estava en marxa, Dick no estava segur de si hauria de respondre verbalment. Amb prudència, va optar per assentir amb el cap. La roba escandalosa de Samantha i el comportament obscè li van fer desitjar qualsevol tipus de contacte amb el seu cos.

"Ah, veig que aprens ràpidament", va dir. "Anem a treballar la boca. Vull que em llepes el meu forat entremaliat, com un bon noi".

Una vegada més, Dick va assentir amb el cap enfàtic, feliç d'acceptar. Permetre a Samantha aquest moment de "inversió de rols" semblava just en les circumstàncies i ell estava encantat d'acompanyar-la en el viatge.

Amb compte per no empènyer el seu marit, Samantha es va arrossegar cap al llit. Ella es va posar a cavall del seu coll i es va agenollar, col·locant el darrere directament sobre el seu rostre. Sempre burlant, girava la pelvis mentre fregava les mans per les corbes suaus de les natges.

"Ara dóna'm una mica de plaer... al cul", va dir amb autoritat.

La Samantha va sentir com el cos de Dick tremolava per les rialles que va lluitar per reprimir. Fer un petó a la seva dona no era realment un càstig i veure-la excitar-se mentre li llepava el cul era excitant. En conseqüència, estava més que feliç de complaure-la.

Somrient, Samantha es va inclinar i va mirar entre les cames,

"T'estic donant accés a un lloc molt especial, Baby".

Com si revelés un regal preciós, va moure les mans al centre del cul tonificat i va separar les natges blanques i cremoses. Allà, per al plaer visual de Dick, hi havia la seva delicada estrella. A la llum del dia, podia apreciar fàcilment tots i cadascun dels plecs que formaven la seva entrada sense nom. Una mica més fosc que la resta de la seva pell, el to li donava un aspecte gairebé exòtic. En general, va ser un objectiu molt atractiu i no es va cansar mai de colpejar-lo.

Malinterpretant la seva pausa, Samantha va dir paraules d'ànim:

"Vinga, nena. Ja saps què fer. Posa'm la boca al cul".

Amb plaer, Dick va arrufar els llavis i els va pressionar contra l'anus de la Samantha, que ara tremolava d'anticipació. Afectuosament, va picar, xuclar i besar-la al voltant del petit cercle, provocant suaus gemecs de la seva dona. No era un aficionat, sabia exactament com manejar la pell arrugada al voltant de la porta del darrere.

Samantha estava eternament admirada pel plaer que va experimentar durant l'estimulació anal. En la seva ment, va demostrar que el sexe anal era un acte sexual natural, que no mereixia el seu estatus tabú. En poc temps, la sensació exquisida de la seva boca fonent-se contra la seva obertura la va tenir preparada i anhelant més.

"Bebé... si us plau! Fes lliscar la teva llengua pel meu cul i fes-me córrer". ella va gemegar.

No calia dir-ho dues vegades. Dick era un amant extremadament generós i esperava portar-la al límit. Traient la llengua, la va endurir tant com va poder, abans d'envair adequadament el forat descaradament ofert per la seva dona.

Per ajudar, Samantha va baixar lentament el seu cos fins que la seva llengua amb prou feines va mirar per l'entrada tensa del seu lloc de plaer. La calor abrasadora dins de la seva vora sensible la va afectar tan profundament que momentàniament li va robar l'alè. Amb ganes d'una penetració completa, Samantha va començar el seu darrer descens a la seva boca.

"A la merda bebè. Això se sent molt bé! Oooooh!" Samantha va començar a moure el cul sobre ell la llengua implacable.

Dick va recollir les seves indicis òbvies i va anar a provar. Lenta però segurament, la seva llengua va aconseguir el màxim contacte íntim. Com de costum, el seu esfínter extern va acceptar la seva intrusió després d'una certa resistència inicial. Un cop passada aquella barrera, va empènyer cap endavant, prou profunda com per creuar el seu esfínter intern més inflexible.

"Aaahhhh! Nena! Si us plau! Fes-me córrer!"

Encara que significativament més petita que la seva polla, la llengua de Dick va compensar la discrepància de mida amb la seva destresa. Va alternar entre fer rodar la llengua i empènyer dins i fora del seu lloc més privat. Sense pressa, estava feliç de satisfer la seva necessitat. A jutjar per la quantitat de suc de cony que s'acumulava a la seva barbeta, sabia que aviat arribaria al clímax.

Mentre Dick feia la seva màgia al cul, la Samantha estava fora de si mateixa. Havia esperat, amb certa impaciència, aquest moment durant tot el dia. Sentir els seus llavis sensuals i la seva llengua talentosa a la seva zona íntima va enviar una onada d'alleujament pel seu cos. Al mateix temps, la tensió sexual que s'havia anat acumulant estava a punt d'explotar. Va ser un contrast interessant que li va agradar.

Després de passar diversos minuts atenent els impulsos carnals de la Samantha, Dick va sentir que la seva postura canviava. Arquejant l'esquena, va començar a moure's lentament amunt i avall per la seva cara, mentre encara mantenia les natges obertes per a la seva llengua. Ella estava a punt d'arribar i ell es va preparar per al que vindria després.

De sobte, es va posar rígida. En un intent desesperat de trobar suport, va moure les mans al seu pit, deixant la seva cara entre les seves natges, afortunadament, petites. Amb prou feines podia respirar, va avançar amb valentia.

El temps semblava aturar-se mentre la Samantha es va precipitar del penya-segat orgàsmic. El que va començar com una petita espurna situada al centre del seu anus aviat es va estendre com un foc salvatge per tot el seu cos. En aquella fracció de segon, tots els músculs de la seva pelvis van començar a contraure's i relaxar-se rítmicament mentre l'alliberament beneït la reclamava.

"Ooohhh Déu!" Va udolar amb els seus pulmons, amb el cap enrere en èxtasi.

Després d'uns quants segons, la Samantha es va anar coix i va caure cap endavant sobre l'abdomen de Dick, traient-li el cul de la cara. Murmurant, va semblar momentàniament incoherent, però va aconseguir moure's i quedar-se al seu costat amb el cap recolzat al seu pit. Acariciant-lo, va ronronejar com un gatet sexual satisfet.

Susan, ja més relaxada, finalment va murmurar:

"Bebé, em va semblar increïble. Pots parlar ara, si vols.

"No. Estic bé", va ser la seva arrogant resposta.

Mirant-li la cara, ella va riure,

"De debò? No hi ha res que vulguis dir?"

La seva única resposta va ser sacsejar el cap amb una expressió perplexa. De vegades les paraules no eren necessàries.

Acceptant el vot de silenci de Dick, el focus de Samantha va canviar bruscament quan va notar que la seva polla es balancejava amb orgull entre les cuixes. Elegantment cobert amb una gota de precum, la va cridar a nivell sexual. Encara que esgotada per la força del seu clímax recent, necessitava la seva polla al cul i es conformaria amb res menys. Estimulada pel seu innegable desig, va estendre la mà i va agafar la seva virilitat palpitant amb les dues mans.

"Hmmm, parlaràs molt aviat", va respondre ella amb confiança mentre li acariciava la polla i l'omplia de saliva.

En general, a Samantha no li agradava estar a la part superior i va preferir absorbir la força del poder masculí de Dick durant el coit. Adonant-se que aquest era el seu moment dominant per brillar, va decidir la posició que li donaria a Dick la millor visió. Després de treure's les sabates, va lliscar cap endavant i es va ajupir, mirant els seus peus. Equilibrant sobre els seus genolls, el seu cul va flotar tentadorament sobre la seva erecció.

Samantha necessitava una satisfacció anal real, i ara havia arribat el moment.

"Prepara't, Baby. Vaig a violar la teva polla amb el meu cul", va xiuxiuejar amb una veu tenyida de luxúria.

Arribant darrere d'ella, li va agafar la polla amb la mà dreta i va utilitzar l'altra per tirar la natgesa esquerra cap al costat. Amb precisió, va alinear la seva virilitat contra el seu forat famolenc i li va fregar el cap a l'entrada. La combinació del seu precum i la seva saliva era un lubricant eficaç i ella sabia per experiència que n'hi hauria prou per facilitar-li el pas.

Dick va sentir la seva pinça quan la seva polla va sortir. Amb cura, va procedir a muntar-lo fins que estava completament asseguda a la seva entrada posterior. Tot i que lluny de la seva primera experiència anal, Dick encara apreciava la vista extraordinària del cul de Samantha, ja que embolicava la seva polla. No es cansava mai de la imatge poderosa, només desitjava que ella pogués assolir el seu punt de vista.

Aferrat amb força a la seva carn càlida, anhelava la dolça fricció que venia d'avançar salvatgement dins i fora de l'estret canal. Però, de moment, es va conformar amb deixar que la Samantha conduís i esperara el seu moment.

Després de gemegar durant tot el període d'inserció i ajust, Samantha finalment va parlar amb molt d'orgull:

"Mira de nadó! T'he ficat al meu cul, sol!"

La presència del membre gruixut de Dick al cul sempre posava a Samantha en òrbita, ja que l'estirament del seu teixit sensible era gairebé suficient per induir un orgasme. Tanmateix, estar a la vora del Nirvana no va ser tan bo com arribar-hi. Encara quedava feina per fer. Col·locant les dues mans a les seves cuixes i arquejant-li l'esquena, es va preparar per a la ronda final.

Ella va començar a aixecar-se i a caure sobre la seva dura longitud amb determinació. Al principi, va ser intencionat, mentre intentava ajustar-se a un ritme raonable. En intentar agafar velocitat, va trobar que era tot un repte sense l'ajuda de Dick. Amb gràcia, va aconseguir canviar a la seva sensació sense desplaçar-li la polla. Però aviat va quedar clar que la seva petita estatura feia impossible assolir la taxa de càstig que tant desitjava.

Després de diversos minuts d'esforços de Samantha, la desesperació de Dick es va fer insuportable. Tot i que li va agradar aquest aperitiu, la seva polla era voraç pel plat principal. Tot i així, es va retenir i va esperar que ella li passés el testimoni.

"Bebé, jo... això... és... difícil", va admetre finalment, incapaç de tirar endavant amb el seu propi cul.

Dick estava més que disposat a recuperar la posició d'estat dominant. Durant la següent baixada de Samantha, va moure els malucs inesperadament. En conseqüència, Samantha va caure cap enrere, mentre encara estava empalada a la seva polla. Aterrant amb l'esquena contra el seu pit, va intentar i no es va poder aixecar. Dick va esperar mentre es movia durant uns segons, assegurant-se que estava estable en posició.

"Ara digues-me, Petita, qui està al capdavant", va xiuxiuejar.

Alleujat per l'ajuda, la petició de Samantha va ser senzilla:

"Per l'amor de Déu, només talla'm, nena".

Dick finalment va deixar anar el seu cul necessitat quan estava satisfet amb la seva posició. Saltant com un bronco, la va colpejar ferotgement des de baix mentre sostenia la seva pelvis lleugerament per sobre de la seva. Els seus crits, gemecs i peticions de "MÉS" eren com música per a les seves orelles. A la seva dona li encantava el sexe anal... d'això n'estava segur.

Ara que en Dick li donava el que tant necessitava, la Samantha estava al cel. Malgrat les seves posicions relatives, amb molt de gust li va permetre reclamar el seu cos, fent-lo seu. Gran i poderós, la seva polla la va afectar d'una manera que la seva llengua no podia i les profunditats a les quals va enfonsar les seves parets interiors aviat la van preparar per a un altre clímax. Sentir-lo grunyir mentre trobava plaer en el seu cul finalment va empènyer la Samantha al límit.

"Si us plau! No pare!" Ella va suplicar.

Després d'haver sentit la seva dona al precipici, Dick aviat va ser recompensat pels seus esforços frenètics. Quan finalment va sucumbir, el seu cul va estrènyer la seva polla amb una força sobrehumana. Un cop van començar les seves contraccions rítmiques, va permetre que un merescut orgasme s'apodera del seu cos. Un corrent rere l'altre de la seva llavor brollava en la seva dura luxúria mentre ell cridava el seu nom amb un plaer luxuriós.

Ja en el cim dels espasmes corporals, Samantha va tenir un clímax emocional quan la va cridar pel seu nom. No hi havia una recompensa més gran que induir Dick a l'orgasme amb un dels seus i ella va prosperar amb aquesta pressa sexual. Instintivament, li va agafar els malucs com una àncora mentre els seus cossos tremolaven a l'uníson.

La Samantha es va esfondrar damunt d'ell després de patir el tsunami sexual. Va palpar durant uns segons abans d'intentar desconnectar de la font de la seva satisfacció sexual. La consumada "Dirty Girl" va gaudir del seu semen al cul i va voler salvar el que podia. Sorprenentment, va aconseguir aixecar-se i torçar-ho tot en un sol moviment, estenent-se al llarg del seu cos. Safat, Dick es va conformar amb deixar-se relaxar, tot i que encara estava subjectat per les manilles.

Mentre escoltava el seu lent ritme cardíac, la Samantha va intuir que podria estar adormit i va decidir que podia alliberar la seva joguina sexual de la tarda.

Breument, es va preguntar si buscaria venjança. Amb tot el cor, ho esperava...

Només el temps ho diria.

DESCOBRINT L'ENTRADA DEL DARRERE

Vaig gemegar i vaig rodar sobre el llit.

La llum tènue que entrava a través de les cortines em va dir que havia dormit fins una mica més tard del que era habitual.

Vaig sospirar i em vaig acostar les mantes.

Vaig sentir que la meva xicota es movia lleugerament al meu costat, el seu cul nu pressionant contra el costat de la cama.

Els records de la nit anterior van començar a tornar a la meva ment a través de la boira del matí.

Havíem sortit amb amics a la ciutat, una nit tranquil·la per sopar i xerrar.

Cinthya, la meva xicota, havia guanyat el llançament de monedes al començament de la nit, així que aquesta vegada vaig ser el conductor designat.

Quan vam deixar els nostres amics i vam caminar de tornada a la interlocutòria, ella va ensopegar una mica i la vaig sostenir perquè no caigués.

Vaig aprofitar l'oportunitat per escapolir-me amb un petó i agafar el seu bonic darrere, fent que ella xisqués i em donés un cop de mà juganerament.

"Ho sento, no ho vaig poder resistir", vaig dir amb una picada d'ullet mentre es movia de nou als meus braços.

Ella va riure i va lliscar la mà cap a la meva entrecuix i li va donar un suau copet.

"Jo tampoc podria" ella va riure entre dents.

Vaig riure també i la vaig ajudar a arribar a la porta, fent una reverència dramàtica quan va entrar a la interlocutòria.

Abans de tancar la porta, em vaig aturar davant seu i li vaig preguntar si encara no es podia resistir.

Amb un riure, es va acostar i va fregar la meva entrecuix de nou, més lenta i certament menys juganera que la primera vegada.

Vaig sentir que m'estava posant una mica més dur, però sabent que teníem mitja hora de viatge per davant, vaig retrocedir i vaig tancar la porta.

Mentre tornàvem a casa meva, vam parlar de la nostra vetllada i la discussió va girar al voltant de July, l'amiga de Cinthya, que recentment havia trencat amb el seu xicot de tota la vida.

La July estava vestida amb una samarreta molt reveladora i la Cinthya, amb un somriure, va dir que s'havia adonat que l'havia examinat un parell de vegades.

Vaig intentar afirmar que no ho havia fet, però no va servir de res, era culpable dels càrrecs.

Cinthya va dir que estava bé, i que seria difícil no revisar-la ja que els seus pits estaven en exhibició perquè tots els veiessin.

"I parlant de dur..." va fer broma mentre la seva mà una vegada més fregava la meva entrecuix. "Això és per pensar en July?" Va preguntar mentre fregava el palmell al llarg de la meva polla rígida.

"No, només estava pensant en emportar-te a casa i al llit", vaig dir, aconseguint ràpidament el pit per agafar-lo amb la meva mà dreta.

Ella va cridar i va prémer la meva polla a través dels meus texans.

"Sento que no vols esperar arribar a casa", va dir, fregant-me.

Les seves mans es van moure a la meva cremallera mentre xiuxiuejava "Potser hauríem de veure el que pensa la teva polla..." Cinthya va obrir la cremallera dels meus pantalons i amb una mica d'esforç va treure la meva polla de la meva roba interior.

"Ahhh, aquí està", va dir mentre acariciava el meu membre dur com una roca. "No crec que ell pugui esperar fins que arribem a casa", ha fet broma, "crec que vol jugar ara mateix".

Amb això, ella es va inclinar i va recolzar el seu cap a la meva falda i lentament va passar la seva llengua sobre el cap de la meva polla.

Vaig gemegar i vaig prémer el volant mentre ella es burlava de mi.

Mai no havia tingut un cap de polla a la boca mentre es conduïa per carretera i estava emocionada de marcar això de la seva llista de desitjos.

Ella va lliscar la boca per la meva polla i va girar la seva llengua al seu voltant.

Amb un gemec ella va començar a moure el cap cap amunt i cap avall, la seva boca calenta m'estava tornant boig.

Vaig gemegar en veu alta i vaig moure una mà cap a la part posterior del seu cap, sabent que li encantava que li tiressin els cabells quan xuclava la polla.

El soroll xarrupat va omplir el cotxe mentre ella continuava xuclant-me, però vaig agafar cada unça d'energia que tenia per concentrar-me a portar-nos a casa fora de perill.

Va treure la boca de la meva polla i va gemegar "Saps tan fotudament bé" abans de tornar a aspirar-la.

Sabia que m'estava apropant a l'orgasme, així que li vaig dir que era millor que baixarà el ritme, però això la va impulsar a no fer-me cas mentre el seu cap va començar a bellugar-se sobre la meva polla encara més ràpid.

Ens apropàvem a un senyal d'alt i no hi havia cotxes a la vista, així que em vaig aturar, vaig agafar els cabells amb força i vaig descarregar un torrent de semen a la boca.

Cinthya va gemegar en sentir el semen xipollejant a la boca una vegada i una altra i una altra.

No podia recordar la darrera vegada que m'havia corregut tant i tan fort.

Es va incorporar lentament i em va mirar als ulls mentre empassava cada gota a la boca.

"Porta'm a casa", va exigir quan vaig notar que els seus dits s'havien lliscat sota la seva faldilla i estaven fent feina extra sota les calces.

* * *

Vaig despertar dels meus pensaments quan Cinthya es va girar i va notar que m'estava acariciant distretament la meva ara palpitant erecció després de reviure els records de la nit passada al meu cap.

Es va estirar i badallar abans d'arraulir-se al meu costat, la seva mà es va moure cap avall per allunyar la meva mà de la meva polla.

"Això és meu" va dir ella mentre els seus dits em toquetejaven lleugerament.

"Tot teu" vaig dir i vaig fer una demostració de mantenir les mans lluny de la seva possessió.

Lentament va començar a baixar al llit, traient-me els llençols i les mantes mentre es movia.

"És clar que sí, tot meu", va gemegar mentre em besava en el seu camí pel meu estómac abans de besar lleugerament el cap de la meva polla.

Un altre petó va portar a un altre petit petó, i aviat ella va tenir tota la meva polla a la boca una vegada més.

Ella sabia quant gaudia despertar-me amb una mamada, però després de la nit anterior volia que ella també gaudís una mica.

"Porta aquest petit gatet calent que tens aquí", vaig exigir mentre aconseguia les cames.

"No ets l'única que té gana aquest matí", vaig fer broma.

Amb un gir dels seus ulls davant la meva mala broma ella va girar les cames i aviat estàvem a la clàssica posició 69.

Per molt que em va encantar sentir la meva polla a la boca calenta i humida, vaig gaudir jugant amb el seu increïble conyet encara més.

Feu lliscar lentament la meva llengua al llarg dels seus llavis, provocant un gemec de Cinthya mentre la seva boca lentament pujava i baixava per la meva polla.

Els seus dits brincaven amb les meves boles molt lleugerament, i de tant en tant treia la meva polla de la boca, m'acariciava i em deia que mengés el seu cony.

Vaig moure les meves mans al voltant de les cames per poder lliscar els meus dits en el seu cony xopat ara i ella es va empènyer contra mi, tractant de follar als meus dits el millor que va poder.

Després de cardar-la amb el dit per un moment, vaig lliscar la meva llengua cap enrere i la vaig fregar sobre el seu petit clítoris.

"Mmmmm, fotre, sí", va xiuxiuejar ella mentre la toquejava encara més.

Feu lliscar els dits de nou dins d'ella i amb la meva altra mà vaig bufetejar el seu bonic del darrere.

"MERDA SÍ" va gemegar mentre la bufetejava de nou.

Mentre acariciava el seu cony amb moviments llargs i lents, la meva altra mà va estrènyer el cul, estenent les natges i deixant-me veure el seu petit anus.

Amb un somriure, vaig lliscar el meu dit al llarg de la seva vagina, cobrint-lo amb els seus sucs, i després lliscant-lo fins al seu forat apretat.

Vaig fregar suaument el seu cul, pressionant lentament el meu dit contra això.

La meva altra mà va continuar treballant dins i fora del seu cony calent i humit mentre jugava amb el seu apretat foradet del darrere.

Aviat em vaig armar de valor per pressionar una mica més fort contra l'anus i la punta del meu dit va entrar pel darrere per primera vegada.

Mantenint-lo aquí, vaig lliscar la meva llengua fins al seu cony, la vaig llepar i la vaig tocar una mica més amb el dit al seu cul empenyent i fregant contra ella lentament.

Vaig lliscar els dits del seu cony i vaig començar a jugar amb el seu clítoris, fent que ella gemegara i empenyés contra mi.

Com a resultat, el meu dit al seu cul va lliscar més enllà del primer artell, més enllà del que havia planejat anar.

Vaig tornar a posar els dits al seu cony i vaig seguir follant amb ella, el meu altre dit encara estava allotjat al seu cul apretat.

Va ser llavors quan em vaig adonar que ja no m'estava xuclant la polla, sinó que girava el cap en un intent de mirar-me.

Els seus malucs es bressolaven lleugerament i ella va gemegar:

"Què estàs fent?"

Vaig Tartamudejar que estava gaudint del seu cony, però ella em va preguntar:

"Estàs tocant el meu darrere?"

Vaig haver d'admetre que ho estava i vaig començar a disculpar-me, però abans que pogués continuar la vaig escoltar gemegar "això és molt brut" i els seus malucs van començar a moure's una mica més fort, "jodidament brut, tocant-me el cul".

"Hauria de parar?" Jo li vaig preguntar

"Fotre, no, fes-ho més dur" va gemegar mentre la seva boca queia de nou cap a la meva polla.

Vaig pressionar el meu dit més fermament contra ella i vaig ser recompensat amb un fort gemec.

Vaig renunciar a jugar amb el seu cony i em vaig concentrar al cul.

Arribant a la mà fins a la tauleta de nit, vaig buscar a les palpentes ia cegues fins que vaig trobar l'ampolla de lubricant que estava buscant.

Vaig lliscar el meu dit del seu cul, causant que es queixés.

Després vaig abocar una mica de lubricant al meu dit i vaig començar a fregar el forat petit i atapeït amb el lubricant abans de pressionar el meu dit novament.

Ella va respirar bruscament i va pressionar el seu cul contra mi, pregant-me que seguís jugant amb el seu brut del darrere.

Amb el lubricant es va fer més fàcil lliscar al seu cul, i aviat vaig tenir el meu dit profundament ficat al seu cul prèviament verge.

Quan vaig ficar el dit dins i fora, ella va gemegar més fort del que mai abans havia sentit, i els seus malucs es bressolaven amb força contra mi, tractant de penetrar cada centímetre en ella.

"Em pregunto què bé se sentiria la teva polla allà dins" va gemegar ella, mirant-me.

Li vaig preguntar si parlava de debò i pràcticament em va cridar que em follés el cul ara.

Ella es va apartar de mi i va esperar al llit de quatre grapes.

Vaig abocar més lubricant a la meva polla i la vaig acariciar, preparant-la per omplir el forat apretat de la meva xicota.

"Folla el meu cul, folla el meu cul" va continuar xiuxiuejant, els seus malucs balancejant-se d'una banda a l'altra.

Em vaig moure darrere seu i vaig sostenir la meva polla, pressionant el cap contra el seu forat arrufat.

Vaig pressionar lentament i aviat la punta va lliscar dins d'ella, mentre el seu gemec ressonava a les parets de l'habitació.

Suaument vaig empènyer la meva polla al seu cul, i els seus gemecs es van fer més forts a mesura que avançava.

Aviat vaig tenir tota la meva polla sencera enterrada al seu cul, les meves mans agafant els malucs mentre m'inclinava cap endavant i preguntava com se sentia.

"Fotre, se sent tan bé" va grunyir ella. "Ara folla'm el meu darrere, folla'm el meu darrere, nadó" va dir ella.

Lentament feu lliscar la meva polla enrere abans de submergir-me de nou en ella, causant que ella udolés de plaer.

La calor de la situació em tornava boig i abans del que hagués pensat estava a punt per explotar.

Li vaig dir que estava gairebé allà i ella va gemegar "corre't dins meu, omple el meu darrere amb la teva correguda calenta!"

Vaig agafar els malucs amb força i vaig enfonsar la meva polla al seu cul, enterrant-lo profundament dins d'ella quan vaig arribar al clímax.

Amb cada rampell meu podia sentir els espasmes del seu cos espasme fins que vaig acabar d'omplir el seu cul amb la meva llet.

Va enterrar la cara al coixí i va gemegar una vegada i una altra quan la meva polla va lliscar del seu cul ben fotut.

Vaig rodar sobre la meva esquena amb ella, recuperant l'alè.

Es va quedar de quatre grapes, panteixant.

Va tornar el cap cap a mi i em va dir amb un somriure "posarem aquesta polla dura tan aviat com puguem, necessito una altra fotuda d'aquesta immediatament"

ARRISCADA APOSTA DEL DARRERE

85

CAPÍTOL I

Xarrups de tequila, vesc i la decisió més estúpida de la meva vida.

Va ser fa deu mesos, però encara no podia mirar els ulls de Jeremy Cartwright.

I em ratlla.

No només per l'estúpid, estúpid sexe de la festa de Nadal que lamentava amb tot el meu ésser, sinó perquè després de la reunió que acabava de suportar realment, realment volia mirar-lo ara mateix.

I no vaig poder perquè cada vegada que el mirava pensava en ell... quan ho deixava...

Oh, què no faria per un espremedor màgic del cervell.

Vaig arriscar una breu mirada a través de la taula.

M'estava somrient.

Bastardo.

No podia recordar l?última vegada que Jeremy va complir amb un objectiu d?equip.

Aleshores, per què m'estava somrient a l'altra banda de la taula quan hauria d'haver estat avergonyit?

Perquè l'home no tenia cap vergonya.

No va ser la falta d'habilitat el que el va detenir, no, Jeremy només era gandul.

Ós mandrós.

Havia pujat a l'escalafó pel seu encant, bon aspecte i zero substància.

Com algú que havia lluitat amb dents i ungles per cada promoció i cada esglaó de l'escala corporativa, les seves promocions sense esforç em tornaven absolutament boja.

El posat de noi bo del sud amb què s'havia guanyat a tots menys a mi.

Segur que havia funcionat amb la Lucy Sander, la nova directora de l'equip de la Divisió Est.

Lucy, que m'acabava d'acusar de no ser una jugadora d'equip, per culpa seva.

Jo, Nancy Harrison, no sóc una jugadora d?equip.

No sóc una jugadora dequip?

Jo sóc la definició del diccionari de jugador dequip.

Vaig fer-ho tot per l'equip.

Ho vaig donar tot, sang, suor, llàgrimes i qualsevol altre clixé estúpid.

Tot el que havia preguntat era si hauríem de començar a tenir en compte objectius individuals quan es tracta de bons trimestrals.

Per l'expressió de la cara, bé podria haver suggerit la matança de cadells a l'engròs.

No va ser només Lucy qui va reaccionar malament; tots em van mirar com si fos Cruella De Ville.

Tots van pensar que tenia alguna mena d'agenda malvada per reconfigurar l'estructura de bonificació.

No intentava treure ningú d'un bo.

Tots havien perdut completament el significat del que vaig dir.

M'encantava treballar per a Recuperació de Recursos Williams.

Vaig arribar a l'empresa directament de la universitat quan només era una empresa incipient en el camp relativament nou de la recuperació de recursos ambientals i la consulta de reducció d'emissions.

Vaig viure per a l'empresa i els seus ideals, especialment les polítiques de gestió inclusives.

Estava totalment a favor de fomentar un entorn corporatiu cooperatiu en comptes de competitiu.

No volia trencar del tot l'esperit dels objectius col·lectius.

Només volia, només volia... volia...

Per castigar el mandrós Jeremy Cartwright.

Això és el que volia.

"Quin és el teu problema?" El vaig posar a l'altra banda de la taula, odiant la manera com sonava, com una mena de musaranya dement.

Jo no sóc així, aquesta persona enutjada i amargada, era per ell, només ell, qui em va fer actuar així.

Ell va riure.

Va riure suaument, com si fos una mica divertit, cosa que només va fer que ho odiés més.

Érem els últims que quedàvem a la sala de juntes.

M'havia quedat perquè si no hagués enganxat pràcticament el meu darrere al seient, agafant els braços de la cadira, hauria sortit de l'habitació en una enrabiada que acabava la meva carrera.

No m'aixecaria de la cadira fins que les cames ja no em tremolessin amb la ira induïda per Jeremy Cartwright.

Quan volia treure-li la seva estúpida pose de somriures, però, com si pogués sentir com estava de trencar-me, Jeremy s'havia quedat enrere per burlar-se de mi amb el seu riure melòdic.

"El meu problema, afecte? Quin és el teu problema? Jo no sóc a qui se li posen els artells blancs quan ho passa malament a les reunions".

"Nudells blancs? No els tinc, estic..."

La meva indignació es va esvair quan em vaig adonar que els meus dits s'havien entumit per la pèrdua de sang induïda per l'agafada.

Enlairant els dits dels braços de la cadira, vaig respirar fondo i vaig començar un cant intern.

Estic calmada.

Estic calmada.

Estic calmada.

Estava fent una molt bona feina per calmar-me: els punts blancs s'havien esvaït de la meva visió perifèrica i ja no podia sentir el meu batec elevat al front, quan ell va començar a taral·lejar.

Aquest bastard rata.

Last Christmas, la cançó que havia estat sonant quan nosaltres... quan ell...

Oh Déu, no ho hauria de fer, no volia tornar-hi, no ara.

Em vaig obligar a mirar cap amunt per trobar-me amb els seus ulls blaus malvats.

Vaig parlar lentament, en un esforç per evitar que la fúria estrident que bullia a la meva sang es filtrés en la meva veu:

"El meu problema, Jeremy, és que no pots assolir un simple objectiu per salvar la teva vida vaga i sense valor".

"De veritat?" ell va arrossegar les paraules.

Justament el vaig anomenar gandul i inútil i l'home ni tan sols va tenir la decència de sonar una mica irritat.

Només va inclinar el cap, com si li hagués dit alguna cosa interessant.

"Nancy, compliré aquests objectius. De fet, no només els compliré afecte, sinó que superaré els teus".

No vaig poder evitar el fort esbufec.

Havia d'estar fent broma.

De debò?

No hi havia manera que parlés seriosament.

L'últim any, ni tan sols va estar a prop d'assolir l'objectiu.

"Correcte. Sí".

Em vaig inclinar sobre la taula i vaig puntuar cada paraula amb un moviment burleta del meu cap.

"A... els teus... somnis."

La façana de noi bo del sud va desaparèixer momentàniament i els suaus ulls blaus es van tornar gelats.

"Vol apostar alguna cosa senyoreta Harrison?"

De sobte, em vaig preocupar, por en realitat, el que no tenia cap sentit perquè la seva fanfarroneria no tenia cap possibilitat d'atrapar-me i molt menys sobrepassar-me.

Els objectius s'havien de presentar en menys de tres setmanes.

Però, per alguna raó, no volia apostar-hi.

No volia arriscar a conèixer la intenció del que sigui que estigués a l'aguait en aquesta mirada glacial.

No vaig respondre.

Decidint ser l'adult, em vaig aixecar i vaig envoltar la taula en direcció a la sortida.

Amb cada pas allunyant-me, li deixava clar que era massa madura per jugar amb aquestes coses.

Estava gaudint de jugar la carta de maduresa, però quan el vaig rosegar, ell va estendre la mà i em va agafar del braç.

"Estàs temorosa?" em va desafiar amb aquest suau accent del sud seu.

Vaig sacsejar la mà.

"Sí. És clar. Estic tremolant. Absolutament terroritzada. Tremolant fins al meu cul".

Em vaig tornar, vaig inclinar el meu darrere cap a ell i el vaig sacsejar, movent-ho com un extra en un vídeo musical de rap.

Gran error meu.

Ell va riure.

Una remor deliciós que sens dubte va fer que totes les orelles femenines que poguessin estar escoltant sospiressin pel so, totes excepte jo.

Es va posar dret, es va inclinar més a prop, tan a prop que la seva barbeta aspra em va fregar l'orella i vaig haver de lluitar contra un calfred.

Mentre es recolzava contra el meu darrere, va murmurar:

"Què tal si apostem per aquest darrere?"

Em vaig girar i el vaig empènyer amb una empenta amb les dues mans contra el pit.

"Què?"

"L'aposta és pel teu darrere, senyoreta Harrison. Massa fort per a tu? Vols fer marxa enrere?"

Vaig mirar a les portes obertes de la sala de conferències per comprovar que ningú no havia sentit les seves paraules abans de xiuxiuejar-lo.

"L'aposta va en tots dos sentits amic. Estàs llest per enfrontar aquesta pèrdua, noi bonic?"

Vaig mirar fixament el seu darrere el que el va fer riure de nou.

"Crec que estic força segur amb això", va dir.

El que em va fer enutjar.

Ridículament furiosa.

Prou estúpida per estendre la meva mà i dir:

"Ho tens com un noi bonic".

Estúpida, no perquè pensés que podia guanyar, sinó perquè estava cedint a la seva pretensió d'involucrar-me en aquesta aposta.

"Carinyo, et castigaré la setmana que ve", va dir amb una mirada a la meva mà estesa el que em va desconcentrar.

"És el que t'agradaria."

El vaig fulminar amb la mirada, cosa que només va fer que el seu somriure esdevingués un somriure ampli.

Estava a punt de retirar la meva mà estesa quan la va agafar i em va atreure cap a ell.

Es va inclinar, la boca contra la meva orella, el sàndal i l'aroma de l'home va cremar amb ell.

"Oh afecte, tots dos sabem la veritat. No?"

El so de la veu.

L'olor de la pell.

La calor del cos contra mi em va fer retrocedir.

Una altra vegada els maleïts Wham roncejant a la cançó.

Vesc penjat a la porta de l'oficina.

El sabor del rom i el pastís de fondant als seus llavis.

La calor de la mà colpejant el meu darrere.

La dura vora de fusta de l'escriptori mossegant-me els meus ossos del maluc.

El so de la meva veu cridant a l'orgasme, pregant per més.

Aquella nit.

Aquella nit estúpida i imprudent havia envoltat un dit mullat amb els meus propis sucs contra el meu anus.

Una vegada i una altra s'havia burlat d'aquell lloc secret, cada cop una mica més profund, fins que va empènyer tot a dins.

La seva profunda veu retrunyia a la meva oïda dient-me que la propera vegada que m'agafés seria per allà.

Em vaig sacsejar el record.

No hi havia hagut la propera vegada.

No hi hauria la propera vegada.

No hi havia prou tequila al món per fer-me tornar a aquesta situació.

"Estàs tan tensa , Nancy. Tan nerviosa. Puc ajudar-te amb això", va murmurar mentre baixava la mà per descansar al revolt del meu darrere.

Un tret de calor es va disparar a través meu en notar el seu tacte.

Em vaig allunyar avergonyida de la mullada que m'havien posat els records.

De què es tractava aquest home?

Com podia fer-me enutjar tant i tot i així voler-ho?

Estava a punt de retractar-me de l'aposta.

Dir-li que tot va ser un gran error estúpid quan, en aquell moment, va acostar un dit als meus llavis.

"Shh, Nancy, no hi ha temps per parlar, he de tornar a la feina si superaré les teves xifres".

I després se'n va anar.

No gaire ràpid.

Encara en aquesta forma del sud de "tot el temps del món", va sortir de la sala de conferències i va tornar a la seva oficina.

CAPÍTOL II

Tracy em va trobar al meu escriptori.

Com sabia que aquí hi seria.

Havia evitat deliberadament el menjador amb la vana esperança de poder alliberar-me d'aquesta conversa, però tot el que semblava haver fet era endarrerir allò inevitable.

"Llavors", va dir, inclinant-se sobre el meu escriptori, "Et sembles al Grinch. Vaig sentir que estàs tractant de robar els nostres bons col·lectius".

No vaig respondre.

Va seure a la meva cadira de convidats sense preguntar i es va acostar, portant amb si un munt de tabac i aroma de marihuana.

"Saps quin és el problema, oi?"

Sabia on anava això.

On sempre va anar amb Tracy ...

"Necessites treure't aquest home del cap"

... sota el cinturó.

Segons Tracy, no hi havia una maleïda cosa al món que no es pogués arreglar sent una bona puta.

Des de la crisi a l'Orient Mitjà fins a un mal dia: sempre se les arreglava per trobar una manera de reduir-ho tot al sexe.

Vaig sospirar i vaig abaixar el cap per colpejar suaument l'escriptori.

"Recorda'm de nou, per què exactament ets la meva millor amiga?"

Ella es va posar a riure, amb un so dolç barrejat amb aspre, producte d'un afecte de per vida pels sabors de Lucky Strike.

"Perquè necessitaries deixar la feina per trobar algú més i..."

Vaig interrompre, acabant la seva oració...

"... Sigues tot sobre tu, així més que tu de totes maneres".

"Wow. Huh."

Em va acariciar el cap cap avall.

"Necessites un tall de pèl, afecte. Per què no te'n vas d'hora avui? Déu sap que et deu n hores".

Em vaig incorporar i em vaig passar una mà pels cabells, recollint el meu llarg serrell.

"No puc, necessito..."

"Necessites que et follin. T'has de tallar els cabells. Necessites una vida. Això és el que necessites. La terra no s'enfonsarà en el caos del carboni perquè deixes l'empresa una mica abans per arreglar-te".

Vaig sospirar.

El meu serrell una vegada més caient sobre la meva cara.

El vaig bufar amb una glopada d'aire.

Potser ella tenia una mica de raó, però sabia que jo era massa tossuda per admetre-ho.

Ens mirem l'una a l'altra, jo arrufant les celles a través d'una cortina de cabell i ella somrient, aquest somriure perfecte de reina de la bellesa.

Em somreia amb un somriure fals.

Em vaig fer fallida primer.

Si no hagués estat per aquesta reunió i l'estúpid Jeremy Cartwright, potser hauria tingut la resistència per mantenir la mirada impertèrrita, però vaig claudicar.

Va ser culpa seva.

Tot havia estat culpa seva.

"Està bé", vaig dir.

Tracy es va posar dret.

"Sé que tinc raó", va dir mentre el seu somriure de reina de la bellesa es convertia en un gran somriure.

"No vaig dir que tinguessis raó".

Es va tapar l'orella amb la mà i va dir:

"Què va ser això? No vaig sentir res després que vas dir que tenia raó".

Vaig murmurar un inútil "Perra" mentre ella es retirava.

Es va aturar a la porta i em va dir per sobre de l'espatlla:

"Oh, et vaig reservar una cita per a les quatre amb Dustin a la perruqueria. No arribis tard. I fes el que et diguin".

"Què? Només vull un tall de pèl. Res més", vaig cridar, però ella ja havia capgirat.

CAPÍTOL III

Vaig tornar al dia següent amb els cabells retallats, tenyits, polits, encerats, i gairebé quatre-cents dòlars més pobre.

Tot i l'inesperat desemborsament d'efectiu, em sentia força bé amb mi mateixa, fins que el vaig veure.

Estava recolzat contra el marc de la porta de l'oficina, lluint com un dels grans felins que havia vist a Discovery Channel ahir a la nit.

Amb el cabell ros vermellós i el somriure depredador, era fàcil imaginar-se el cap com el cap d'un orgull de lleó.

Va passar els seus ulls des del meu cap als peus per després lentament pujar la seva mirada a la inversa per acabar novament a la cara.

Em va posar nerviosa la manera com em mirava.

Em vaig aturar.

Em vaig aturar just al mig del passadís.

No m'havia adonat que m'havia congelat com una presa atordida fins que algú va passar al meu costat tocant-me el braç i vaig reaccionar.

Ell va riure.

Furiosa, m'hi vaig acostar i li vaig donar un copet al pit.

La va atrapar, subjectant-la amb força.

"Què?" va dir amb una molesta falsa innocència.

Vaig replegar, vaig apartar la meva mà de la seva i el vaig empènyer per continuar cap a la meva oficina, tirant la meva bossa sobre l'escriptori.

Annabelle, la dona amb què havia compartit el despatx els darrers dos anys, estava de baixa per maternitat, així que tenia l'oficina per a mi sola.

M'agradava així.

No era realment una noia que li agradés l?espai compartit.

I en un món perfecte tindria una oficina per a mi sola en una cantonada.

Jeremy va entrar sense preguntar i va posar el seu atapeït del darrere sobre l'escriptori d'Annabelle.

Ho vaig ignorar, vaig encendre l'ordinador i vaig revisar els meus correus electrònics com si no ell no estigués al despatx.

Es va aclarir la gola.

Vaig mantenir els meus ulls fixos a la pantalla.

Ell va riure i vaig sentir un pols enutjat començar a bategar al meu front.

"Et veus preciosa estimada".

Em vaig girar per mirar-ho.

Aleshores m'afalagava, s'esperava que li agraís alguna cosa ara?

Poc improbable que passés.

"Ho sé", vaig dir amb un grunyit.

Rient-se, va fer un pas endavant per recolzar-se al meu escriptori.

Va apartar els papers de la taula i es va recolzar sobre els colzes.

Punxe arrogant.

El vaig fulminar amb la mirada.

Es va inclinar més a prop meu.

"Tracy em va dir que vas marxar d'hora ahir per a una visita al saló de bellesa".

Vaig assentir .

Va aixecar una mà i va estirar un floc arrissat dels meus cabells.

"T'has arreglat els cabells".

Vaig assentir de nou.

"Una cosa més?"

Em vaig apartar de l'escriptori, vaig girar la cadira per allunyar-me'n.

Per la seva olor.

Per la vostra presència.

Els seus ulls van lliscar pel meu cos i es van aturar deliberadament en la unió de les meves cames.

La seva mirada era una calor abrasadora que vaig sentir bategar entre les meves cuixes tenses.

M'havien depilat.

Més del que esperava, aparentment Tracy havia explicat a Dustin algunes peticions especials.

Em vaig resistir al depilat complet, ja que preferia que el meu camp de joc fos almenys lleugerament herbós.

Com ho va saber ell?

"Tracy", vaig murmurar.

Ell va riure, es va apartar de l'escriptori per posar-se dret i va assentir.

"T'ho va dir? Et va explicar sobre la meva depilació?"

No podia creure que ella fes això!

Per què ella faria això?

Riu de nou, més fort.

Quan va acabar, va dir:

"Oh, afecte, ella em va dir que havies estat al Saló. Em va dir que t'ho havies depilat tot".

La meva cara es va posar vermella com un camió de bombers.

"Ho vas fer per mi?" va preguntar, decantant el cap.

"Què si ho vaig fer? Què si ho vaig fer?" Tartamudeé, "Parles de debò? De debò em preguntes això?"

"No. En realitat, no. Simplement m'agrada jugar amb tu. Serà millor que tornis a la feina. Aleshores, si tens en compte què tan d'hora te'n vas anar ahir, hauràs de posar-te al dia avui".

Encara estava amb la boca oberta molt després que ell se n'anés.

CAPÍTOL IV

Tracy em va trobar així.

"Oh nena, el cabell se't veu genial. Què? Què?" Ella va mirar per sobre de l'espatlla. "Què estàs mirant?"

Vaig sacsejar el meu cap.

Ella va assentir i es va asseure a l'escriptori d'Annabelle.

"Aaah, Jeremy va ser aquí, no?"

"Sí, hi va ser. Gilipolles".

"Per què odies tant aquest home?"

"És mandrós. No ha fet res des que va arribar aquí. Simplement apareix lluint perfecte i obtenint tot el que vol".

"De debò? Hmmmm".

Tracy va arquejar una cella i va inclinar el cap.

"Que se suposa que significa això?" Vaig exclamar.

"El món és tot blanc i negre per a tu, ¿oi? Bé i dolent. Sense ombres de gris".

"No hi ha gris aquí", vaig dir avançant l'informe de l'últim trimestre que havia estat llegint ahir a la tarda, "Aquí està en blanc i negre qui treballa i qui no. Jeremy no. No ho ha fet des que es va transferir des de Chicago el any passat".

Tracy va sacsejar el cap.

"A vegades, afecte, la veritable història no és als papers. És a la persona".

"Conec la persona", li vaig dir, "És un imbècil arrogant. Aquesta és la persona. Mira, he de treballar. Si tot el que tens ara són opinions críptiques sobre Jeremy Cartwright, podem reprogramar aquesta conversa per dinar... O potser mai?

Tracy va tornar a negar amb el cap abans d'assentir ràpidament i caminar cap a la porta per anar-se'n.

Es va aturar a la porta, es va girar i va dir:

"Pensa, Nancy, afecte, que hi ha més a la vida que només fer una bona feina. Jeremy Cartwright és l'únic que t'ha apassionat una mica a més de la reducció d'emissions de carboni o la campanya del president. Vull que hi pensis . Segurament això significa alguna cosa".

"No vol dir res. Ell no vol dir res".

Ella va arronsar les espatlles i va dir sobre la seva espatlla mentre se n'anava:

"No t'estic dient que et casis amb el noi. Només fot-ho una mica".

Tan enutjada com m'havia fet amb tots els seus críptics comentaris sobre Jeremy, no vaig poder evitar riure'm de la resposta.

Full-ho una mica.

Ja ho havia fet.

En aquest mateix escriptori, de fet.

Els meus mugrons traïdors es van endurir davant del record.

Vaig apagar el flashback abans que s'apoderés de tot el meu cos i vaig tornar a la pantalla del meu ordinador.

Tenia feina a fer, no tenia temps per a Jeremy Cartwright.

CAPÍTOL V

Vaig treballar fins al dinar.

Tracy va treure el cap breument per renyar-me, però la vaig ignorar i vaig seguir amb el meu.

No va ser fins que vaig aixecar la vista de la pantalla de l'ordinador per estirar el meu mal d'esquena que em vaig adonar que els llums del passadís estaven apagats.

Era fosc.

Vaig mirar el meu rellotge i vaig veure que eren gairebé les nou del vespre.

El meu estómac va grunyir en protesta.

Em vaig apartar del meu escriptori, em vaig posar dret i vaig anar a buscar la màquina expenedora més propera.

Estava parada davant de la màquina expenedora intentant justificar la combinació de diversos sobres de menjar envasada com un sopar nutritiu quan les portes de l'ascensor es van obrir.

Ho vaig olorar abans de veure-la.

Menjar tailandès.

L'aroma de llima picant i all flotava a l'aire gairebé fent-me desmaiar.

"Pringles per sopar?"

"I un sobre de cacauets", vaig respondre.

Jeremy va riure.

"Cert, perquè això fa tota la diferència".

"És clar que ho fa."

Sostenint els Pringles vaig dir:

" Papes", i després els sobres de cacauets, "Llavors".

Va aixecar la bossa plàstica de menjar que sostenia a la mà esquerra,

"Tailandesa de Cartwright. Suficient per a dos. Vols una mica?"

Vaig sacsejar el meu cap mentre el meu estómac cridava un vergonyós grunyit dient que sí.

En Jeremy va mirar intencionadament el meu estómac encara quebrotós, la comissura de la seva boca tremolant en un somriure divertit.

"Està bé", vaig dir estenent la mà per agafar la bossa de la mà, "fem això llavors".

"Amb una acceptació tan amable, estic més que feliç de complir".

Va estendre la mà davant seu i em va fer una petita reverència.

"Si us plau obre el camí".

Vaig arrufar les celles, vaig girar sobre els meus talons i em vaig dirigir cap a la sala de descans.

Em va agafar del braç, els dits es van estrènyer al voltant del meu canell.

"Uh, uh", va dir, "a la meva oficina".

"Per què?"

"Perquè és el meu menjar i puc dir on el mengem".

Volia dir-li on ficar-se el menjar, però la idea de tornar als Pringles i un sopar de cacauets em va fer reprimir les paraules.

"Bé", vaig dir sacsejant el meu braç de la mà.

Va deixar anar el meu canell i amb un lleu somriure va acostar la mà a la cara.

Va passar un dit pel meu front fins a la mandíbula i després va ficar un floc de cabell solt darrere de la meva orella.

Vaig mantenir l'alè perquè no es deixés anar.

Ell es va acostar.

Vaig sospirar, vaig tancar els ulls, vaig inclinar la barbeta i vaig esperar, llest per a un petó que no va arribar.

Ell es va allunyar.

Vaig sentir la pèrdua de la seva proximitat quan un calfred va recórrer el meu cos.

Quina ximple!

En què estava pensant esperant que em besés?

Vaig aixecar la vista, esperant veure'l somrient-me, però en canvi ...

L'aire va sortir dels meus pulmons novament quan em vaig trobar amb els ulls.

Foc blau.

La calor es va apoderar de mi.

Una onada de desig que gairebé em doblega els genolls.

"Vinga", va dir.

"Anem?"

Va assenyalar la bossa de plàstic oblidada que penjava de la meva mà.

"Oh, el sopar", vaig dir i vaig assentir, caminant per seguir-lo a la seva oficina.

La seva oficina era a una cantonada.

Amb dues finestres amb vistes espectaculars i sense haver de compartir.

Una altra raó perquè no m'agradi.

No va encendre la llum quan vam entrar, cosa que em va semblar força estranya.

Estava a punt d'encendre el llum quan va encendre un llum d'escriptori que va banyar l'habitació en un color groc suau.

"Bé", vaig dir assenyalant el vell llum d'escriptori de llautó.

"El meu avi me la va donar", va respondre mentre treia la cadira de darrere de l'escriptori i la col·locava al costat de la cadira de convidats. "Pots seure."

Ho vaig fer desitjant que ell no hagués mogut la seva cadira tan a prop del meu.

El seu genoll va xocar contra mi quan es va asseure.

Va ficar la mà a la bossa i va treure els petits cartrons de menjar, dues ampolles d'aigua i dos jocs de coberts.

Dos?

Vaig agafar els coberts oferts i no ho vaig poder evitar.

No ho podia fer mai.

La curiositat sense resposta em reconcomeria.

"Per què dos jocs?" Jo li vaig preguntar.

"Sabia que encara eres aquí. Sabia que no havies menjat".

"Escolta!" Vaig protestar assenyalant l'envàs de tailandès Cartwright que havia col·locat sobre els meus genolls sobre la meva falda.

Ell va rodar els ulls.

"Menjar de veritat. Sabia que no hauries menjat menjar de veritat".

"Llavors", vaig dir empenyent una forquilla sobrecarregada i ple de fideus tailandesos a la meva boca, "Per què t'importa?"

"M'importa", va dir fixant aquests ulls blaus en mi.

De cop estava nerviosa.

Aleshores vaig fer el que em va venir naturalment en aquells moments.

Vaig començar un balboteig incoherent d'informació inútil:

"Els tailandesos no usen escuradents. No hi ha escuradents. Sabies això? Una forquilla i una cullera. Això és el que usen. Una de les poques nacions asiàtiques que ho fa. La forquilla s'usa per col·locar menjar a la cullera. Menges de la cullera. Després de l'annexió del ... "

Va estendre la mà suaument tocant el meu genoll.

Em va sorprendre i va aturar el meu balboteig.

"Menja", va dir.

"Està bé. Com".

Vam menjar en silenci.

Vaig menjar més del necessari per mantenir la meva boca ocupada.

Si no, hauria deixat escapar totes les preguntes que em picaven just sota la superfície.

Per què jo li importava?

Què volia de mi?

"Gràcies pel sopar", vaig dir, prenent un darrer glop de la meva aigua abans d'aixecar-me.

"No hi ha problema", va respondre enganxant la mà al voltant del meu maluc i arrossegant-me cap a ell.

Vaig ensopegar, separant les cames per mantenir l'equilibri.

Va empènyer una cuixa entre les cames obertes i es va obrir més mentre m'empenyia cap avall, obligant-me a muntar-lo a rialles.

Les dues mans van lliscar per la meva faldilla estirant la tela fins que es va agrupar al voltant dels meus malucs.

Els seus polzes van recórrer les meves cuixes internes, fins que van fregar la vora de les meves calces.

No vaig poder evitar-ho, em vaig balancejar cap endavant amb òbvia invitació.

Va riure entre dents.

El so gairebé em va exasperar, però les dents van trobar el meu mugró.

Merda.

La calor em va travessar mentre estirava bruscament de la punta tendra.

Aspre.

Dur.

Sí.

Sí, això és el que volia.

El que necessitava

Com ho va saber ell?

Els seus dits es van apoderar de la part rodona de la meva cuixa, mossegant la pell quan el seu polze va caure sota la vora elàstic de les meves calces.

Es va moure més avall, submergint-se al toll de calor humida que el seu toc havia creat.

Va empènyer a dins, cobrint el polze i després el va arrossegar fins al meu clítoris.

Merda.

Relliscosa i mullada per la meva necessitat, el seu polze va tocar el meu clítoris amb precisió.

Em vaig balancejar a la mà, arquejant la meva esquena i empenyent contra el polze, instant-lo.

"Digues-me", va dir, la seva boca encara al meu mugró, les seves paraules vibrant contra la meva pell.

"Què?"

"Digues-me que vols això... que vols que t'ho faci".

Les seves paraules van penetrar la boira de la luxúria i em van portar de tornada al món real.

Quins dimonis estava fent en zel a la falda de Jeremy Cartwright?

"No!" Vaig enfilar els peus a terra i vaig empènyer cap amunt.

Em vaig aixecar de la seva falda per aturar-me davant seu.

La seva mà va lliscar de les meves calces quan ho vaig fer.

Vaig posar les mans sobre les espatlles per mantenir l'equilibri i vaig sortir de la falda.

Amb mans tremoloses vaig allisar la meva faldilla cap avall.

Quan ja no estava exposada, vaig dir:

"No vull això. No t'estimo a tu".

Ell va riure, un so buit.

Enduent-se el polze encara humit a la boca, va arrossegar la punta pel llavi inferior i després va passar la llengua per la taca.

"Ments", va dir, "ho saps. I ho sé".

"Escombraries. No ets tu. Simplement ha passat un temps des que ho he fet. Podria haver reaccionat a qualsevol que m'hagués txec això".

"Quant de temps?" va preguntar.

Deu mesos, vaig pensar, però vaig respondre:

"No és assumpte teu".

"Vés-te'n llavors", va dir, assenyalant a la porta, "Fug Nancy. Estàs fora de perill en les teves petites mentides per ara".

"Què vols dir per ara?"

Em vaig maleir per respondre-li.

Per què no podia deixar-ho estar?

Per què sempre havia de saber?

Va fer un pas cap a mi.

"Quan guanyi la nostra aposta. Abans de prendre aquest darrere teu, faré que ho admetis. Admetre que m'estimes".

"Sí? Tu..." em vaig aturar abans de semblar massa ximple, però no vaig poder evitar fer un pas i perforar un dit al seu pit.

Va retirar el meu dit del pit i va tancar la mà a la seva.

"Em pregaràs, Nancy Harrison".

"N i en els teus somnis", vaig seguir, em vaig apartar i vaig sortir de la seva oficina.

Estava dues passes pel passadís quan em vaig aturar, em vaig girar i vaig tornar a la porta oberta.

Estava assegut al seu escriptori, mirant estranyament el llum del seu escriptori.

"Gràcies pel sopar."

Va aixecar la vista i em va llançar un somriure que, si estava remotament inclinat a ser honesta, hauria d'admetre que els meus genolls es van tornar aigua.

En lloc de ser sincera, vaig deixar anar un grunyit enutjat i vaig tornar al passadís.

CAPÍTOL VI

"Va fer trampa", vaig xiuxiuejar mirant amb la boca oberta el correu electrònic que acabava de rebre.

"Qui va fer trampa?" Tracy va preguntar.

Estava asseguda a la vora del meu escriptori inspeccionant les seves ungles, esperant que acabés perquè poguéssim prendre unes begudes després de la feina.

"Jeremy Cartwright ha superat els objectius".

"Ho sé", va dir amb total indiferència a la barreja d'adrenalina, pànic, luxúria i ràbia que girava a parts iguals a través del meu cos.

No havia explicat Tracy sobre l'aposta.

Era massa estúpid i infantil parlar-ne i, com tenia a veure amb Jeremy Cartwright i el sexe, no tenia dubtes que Tracy estaria del seu costat.

"Què vols dir amb què saps?"

"Acaba de recuperar la càrrega completa del seu compte. Així que, per descomptat, encapçalarà la llista".

"Què?" la paraula em va sortir com un xiscle agut.

"Ha estat a mig temps a l'oficina. Va venir aquí des de Chicago per cuidar el seu avi. Però ara aquest va ingressar a un centre d'atenció de la tercera edat a temps complet, així que ell va tornar també a temps complet a la feina".

"Com no vaig saber això?"

"Potser perquè mai surts de la teva oficina? Potser si parlessis amb algú que no sigui jo..."

Vaig aixecar la mà.

"Vaja, llavors sí que et parlo a tu. Així que per què no m'ho vas dir?"

"Després de la fotuda festa de Nadal, tenies les calces tan col·locades", va sospirar, i, aixecant els dits per fer cometes, va dir: "em va prohibir esmentar el seu nom".

OK, llavors potser tot això era cert.

Potser no era tan gandul com pensava.

Però certament era tan astut com pensava.

Ell s'havia de tornar a temps complet.

¡L'aposta estava arreglada!

Inclinada a favor seu tot el maleït temps.

"On prendrem alguna cosa?"

Ella va arrufar les celles.

"Harry´s, on sempre anem".

"No. Anem a Irishman".

"Irishman?" Tracy va alçar les celles tan alt que gairebé se li van disparar de la cara. "Odies a Irishman. Aquí és on tots van".

"Ho sé."

Aquí és on estaria ell.

L'astut mentider rata i bastard.

CAPÍTOL VII

Ell no hi era.

Una altra raó més perquè el meu enuig augmentés.

Odiava Irishman.

Era un dels llocs favorits dels típics oficinistes vestits de broker i desafortunadament, degut principalment a la proximitat, de Recuperació de Recursos Williams.

Vaig enfurir-me durant uns trenta minuts perquè arribés l'home del moment.

No ho va fer, així que vaig deixar Tracy inconscientment feliç amb el seu còctel (i amb un ingenu i jove banquer mercantil) i vaig tornar a creuar el carrer per veure si encara era a la seva oficina.

Hi havia.

Aparentment esperant-me, perquè quan vaig obrir la porta, ell va fer poc més que recolzar-se a la seva cadira i somriure.

"Vas fer trampa."

"No és exactament cert, senyoreta Harrison. Tota la informació estava disponible per a tu. Simplement no la vas obtenir o no et va semblar interessant aconseguir-la".

La veritat de les paraules em va picar.

"Fem això llavors", vaig dir en un centelleig de fanfarroneria carregat d'adrenalina que vaig lamentar en el moment en què els meus llavis es van segellar al voltant de les paraules.

"Tanca la porta", va emetre l'ordre i es va aixecar.

El meu cor bategava amb força.

La meva gola es va contreure.

Em vaig girar cap a la porta pensant en una fuita.

No estic segura de com exactament els meus dits tremolosos van poder activar el mecanisme de bloqueig.

Em vaig tornar cap a ell.

La calor i el calfred aterridor van cavalcar en onades contradictòries sobre el meu cos.

Vaig començar a suar al mateix temps que petites punxades recorrien la meva pell.

Vaig recordar que sobre el seu escriptori havia dit que em desitjava, així que, amb les cames fluixes per la por, em vaig posar dret fins que les meves cuixes van xocar contra la fusta.

S'havia mogut de l'escriptori per aparèixer darrere meu.

Vaig arreglar les cames, tancant els genolls.

Em vaig negar a deixar que em veiés tremolar.

Es va arraulir a prop.

Podia sentir la calor del cos.

Giraré el cap, mirant per sobre de l'espatlla, però sense fer contacte visual.

"Amb faldilla o sense faldilla?" Vaig preguntar amb fingida indiferència.

Ell va riure entre dents, un so retrunyidor que va vibrar contra el meu coll.

"Tan ansiosa estàs?", va murmurar.

"Només fes-ho ja", vaig deixar anar les paraules amb les dents estretes.

"No", va dir.

"Què vols dir amb no? Va ser la teva estúpida idea!"

Em vaig girar i em vaig trobar atrapat entre els seus braços.

S'havia inclinat per descansar els palmells sobre l'escriptori.

Ell va parlar contra la corba del meu coll.

"No, no vull fer-ho", els seus llavis van arrossegar petons suaus pels tensos tendons entre cada paraula, "Jo t'estimo a tu. Humida. Volent. Mendigant-ho".

"No pregaré", vaig dir mentre arquejava el coll cap enrere per donar-li a la boca pecadora més espai per moure's.

"Ho faràs." Va acostar una mà a la meva barbeta per aixecar la cara i mirar-lo. "Et va encantar l'última vegada. Volies més, no?"

Vaig lluitar contra l'agafada que tenia a la meva barbeta i vaig sacsejar el meu cap.

Va baixar la boca cap a mi, els seus llavis es van moure sobre els meus i va dir:

"Mentirosa".

M'hi vaig obrir sense pensar.

Vaig deixar que la seva llengua arribés a la meva, sospirant de plaer mentre la punta humida em jugava tan bé.

Bé.

Tan bé.

És així com havia caigut la darrera vegada.

No havia estat el tequila.

Havia estat la boca.

Això és el que m'havia intoxicat per obrir les cames.

Em vaig arquejar cap a ell, estimant la sensació del seu dur pit pressionant els meus pits.

La seva boca va deixar la meva i no vaig poder evitar el sospir decebut que va emetre la pèrdua.

Es va posar de genolls.

El vaig mirar mentre les mans pujaven lentament pels meus panxells.

Les seves mans es van aturar als genolls per obrir més les cames.

Ho vaig fer sense protestar.

Sota la meva falda van arribar els dits.

Lliscant-me'ls, lliscant-me'ls al llarg de la pell suau i sensible de les meves cuixes internes.

La faldilla atrapava les cames i quan vaig intentar obrir-les més, de sobte vaig voler treure-me-la.

Ho volia tot fora.

Vaig portar els meus dits a la cremallera lateral de la faldilla, però no va cedir.

Vaig buscar a les palpentes per la falda.

Frustrada, vaig deixar escapar una maledicció que el va fer riure.

La realitat va intervenir davant del so i em vaig adonar de com havia estat de capitular ràpidament.

Em va enfurismar la idea: Oh, com ha d'estimar això!

Vaig deixar anar el tancament en un esbufec i vaig mirar cap avall, a punt per dir-ho una mica sarcàstic quan vaig veure els seus ulls.

No hi havia riure allà, cap triomf, només una crua necessitat nua.

Em va colpejar fort.

L'aire va sortir dels meus pulmons en un murmuri.

La realitat es va dissoldre amb la necessitat que tenia de ser follada.

L'aire va canviar llavors en aquell moment.

Es va tornar elèctric, espurnejant amb la escara de la nostra necessitat.

Vaig esquinçar el costat de la meva faldilla.

Un so esquinçador que va esquinçar l'aire, però no em va importar.

Ho volia tot fora.

Tot fos.

Ara mateix.

Em va ajudar a baixar-me la faldilla.

Es va acumular als meus peus deixant-me dret només amb les meves sabates de taló i amb mitges fins al genoll.

Vaig anar a treure'm les sabates, però ell va negar amb el cap i va deixar anar la paraula

"No".

Portava calces simples.

Res luxós, sense encaix, només cotó rosa, però tot i així ho van fer gemegar.

Vaig sentir una onada de plaer davant del so.

Els seus dits van atacar la meva brusa, estirant els botóns perlats amb total menyspreu.

Vaig sentir un ping a la prestatgeria quan va obrir la meva brusa.

Llavors es va posar dreta i va passar la brusa sobre les meves espatlles, passant la mà pels braços per treure-la del tot.

Es va allunyar i em va mirar.

Vaig lluitar contra l'impuls de cobrir-me, enfonsant els meus dits a la vora de l'escriptori.

El temps es va aturar mentre mirava fins a omplir-se.

El panteix de la meva respiració va trencar el silenci de l'oficina.

Vaig esperar.

Temps.

Els meus mugrons es van inflar dolorosament, el meu cony mullat esperava.

No estava acostumada a esperar.

El control no era res al que em rendís fàcilment.

Estava tensa com una corda vibrant mentre esperava que ell fes el moviment.

Els seus moviments semblaven deliberadament lents quan va tornar a aturar-se a prop.

Com si s'hagués calmat després de la urgència de treure'm la roba.

Ell no va parlar, al seu lloc va murmurar indistints sons de plaer mentre lliscava les mans sobre la meva pell.

Ell em va explorar com mapejant la meva topografia, amb els dits seguint cada immersió i corba amb intensa concentració.

Vaig gemegar i moure els meus malucs, impacient perquè els dits es moguessin cap al sud.

Ell va ignorar el moviment insistent dels meus malucs i va continuar amb la seva exploració tortuosament lenta.

Quan els seus dits van lliscar per la corba del meu estómac i van fregar la vora elàstic de les calces, vaig grunyir:

"Sí".

Vaig pensar que s'enfonsaria més i finalment tocaria el meu cony, però en lloc d'això va acostar les mans als malucs i em va girar per posar-me dret davant de l'escriptori.

Els seus dits es van moure burlonament a través del meu cul i després van lliscar cap avall per foradar els meus turmells, separant més les meves cames.

Vaig haver d'inclinar-me cap endavant per mantenir l'equilibri, recolzant els colzes al seu escriptori.

Les mans massatgeantes van pujar pels meus panxells, els dits talentosos van cavar al múscul fins que el temps es va tornar gairebé líquid.

Quan va arribar als meus genolls va posar la seva boca en joc, arrossegant petons humits al revolt sensible.

No vaig poder evitar el balanceig dels meus malucs, el meu cos es va moure sense pensar, bressolant-se de plaer.

Vaig sospirar quan els seus polzes es van clavar als meus músculs, calmant els nusos i els dolors.

On anaven els seus dits, seguia la seva boca, besant-me, mossegant, llepant i finalment acariciant amb el rostoll de la seva barbeta.

Quan les seves mans es van acostar per prendre el meu darrere, vaig esperar, llest perquè em tragués les calces.

Ell no ho va fer.

En canvi, va lliscar els polzes sota la vora quadrada de les calces juvenils i les va aixecar.

Va tirar fins que la tela es va ficar entre les meves natges i es va balancejar contra la meva raja humida i el clítoris palpitant.

Em vaig posar de puntetes amb un panteix mentre ell tirava de les meves calces amb un efecte devastador.

Podria venir així.

Em vaig adonar quan la tela mullada em va acariciar el clítoris.

Vaig retrocedir, instant-lo a seguir amb els meus panteixos i gemecs.

"Sí. Sí", vaig gemegar en sentir el principi d'un orgasme imminent.

I es va aturar picant-me al cul.

"Encara no", va dir, i literalment vaig mossegar l'impuls de cridar, enfonsant les meves dents dolorosament al meu llavi inferior.

Em va desposseir de les meves calces en un sol moviment.

Les dues mans van agafar les vores i les van baixar ràpidament.

Em va tocar la cama quan les calces, estirades fins al límit, van arribar als meus genolls.

Com que no em vaig moure prou ràpid, va esquinçar les calces pel reforç.

Les dues restes van caure sobre les meves sabates.

No vaig tenir temps de protestar.

En el moment en què el meu darrere estava nu, va lliscar les cames més i va ficar el seu rostre al meu darrere.

Les seves mans van anar a les meves natges, amb els dits estesos ell me les va obrir més.

Vaig cridar en estat de xoc al moment on la seva llengua va colpejar el meu cul.

Petites voltes.

Em vaig trobar sonant al mateix ritme que ell amb la llengua:

"Uh, uh, uh, uh..."

El sentiment va ser increïble.

Mai no havia sentit una cosa així.

Em vaig balancejar contra la boca.

Les meves mans es van estendre i es van aferrar a taula.

Els papers van lliscar sota els meus braços agitats i es van arronsar entre els meus dits.

Una mà va deixar el meu darrere per passar entre les cames.

El seu polze, crec que era el polze, submergit en el meu cony mullat i després fins al meu clítoris.

Va rodejar la protuberància inflada alhora que amb la llengua pressionava contra el meu anus.

Vaig sentir que l'anus atapeït es relaxava davant l'empenta insistent de la seva llengua.

La llengua.

El polze al meu clítoris.

Sucumbí

La meva boca va pressionar la fusta.

Vaig plorar amb sorolls d'animals, sense paraules, xiscles i grunyits.

"Uh, uh, uh, eeeeee", vaig sentir que el meu anus es contreia en la seva llengua.

El seu polze va donar un últim cop al meu clítoris i després els seus dits van baixar per submergir-se al meu cony.

Vaig muntar l'orgasme a la mà, contraient-lo als dits.

Esgotada, em vaig lliscar cap endavant, tirant més papers sobre el terra mentre vaig col·lapsar amb el meu tors sobre el seu escriptori.

Mentre jeia així, estesa sobre el seu escriptori, es va posar darrere meu.

Vaig sentir la pressió de la seva erecció arraulida entre les meves natges.

La sensació de la seva polla dura allà mateix em va fer recordar encara l'aposta per pagar i em vaig tensar.

CAPÍTOL VIII

Va passar una mà per la meva esquena ara rígida, al llarg de la columna vertebral.

"Relaxa't", va dir mentre es movia lentament per la protuberància de la meva columna vertebral.

No em vaig poder relaxar.

Tot el que podia pensar era en la mida de la seva polla i la mida del meu anus, el que em va fer estremir.

Es va inclinar sobre mi, la boca a la base del meu coll i va murmurar:

"Està bé. No et faré mal. Mai et faria mal".

Vaig romandre rígid , sense parlar mentre la seva mà seguia acariciant la longitud de la meva esquena.

Encara portava la meva sustentació.

Es va aturar a les corretges per moure el colofó.

Quan les corretges es van obrir, va acostar les mans a les espatlles, amb una suau encaixada em va aixecar per posar-me dret.

Prenent-me amb força, em va empènyer contra ell.

El sostenidor es va deixar anar quan em vaig incorporar i ell va moure les mans per fer fora els meus pits.

Els seus polzes van recórrer les puntes endurides dels meus mugrons.

Ell seguia completament vestit.

La sivella del seu cinturó se sentia freda a l'esquena baixa.

Va girar els malucs cap a mi, empenyent la seva polla en cercles lents contra el meu darrere.

La tensió que es va apoderar del meu cos va disminuir lentament mentre la boca baixava pel coll.

"Tan bonica", va murmurar.

Va baixar una mà per foradar el meu cony, corbant els seus dits entre els llavis humits, submergint breument les puntes de dos dels seus dits dins.

Em vaig posar de puntetes per donar-li més accés, inclinant-me cap endavant, confiant-hi per sostenir-me.

"Sí", va dir, pessigant el mugró del meu si esquerre, una sensació increïble recorrent el meu cos.

"Inclina't", va dir mentre els seus dits deixaven el meu cony i es posaven a la meva esquena baixa.

Em va empènyer suaument cap endavant fins que els meus malucs van tocar la vora de l'escriptori.

Em vaig relaxar, deixant que em col·loqués on ho necessitava.

Ho vaig sentir tornar a caure de genolls.

Les seves mans van recórrer les cuixes internes fins que els polzes van descansar contra l'esquerda del meu cony.

Va lliscar un polze i després l'altre endins.

Vaig esperar que empenyés més, però no ho va fer, i al seu lloc va lliscar els polzes mullats entre el meu cul i l'entrada.

Va rodejar amb els polzes humits al voltant del forat sensible.

Vaig empènyer cap enrere i la pressió va augmentar fins que el polze va lliscar dins de l'anell muscular.

Vaig pixar per la invasió, però no vaig protestar.

Va jugar, empenyent un i després l'altre polze endins.

En volia més, molt més.

La pressió fugaç no era suficient.

Jo volia estar plena.

Vaig començar a parlar, " Jeremy per ..." i després vaig contenir les paraules.

"Quin afecte?, què vols?"

No vaig respondre.

Vaig portar el braç on havia descansat el meu front fins a la meva boca i vaig mossegar la carn.

Va continuar les petites envestides burletes al meu anus.

Vaig empènyer enrere, el meu cos li demanava més.

"Digues-ho", va dir i vaig saber que no em donaria més sinó deia les paraules.

Em vaig resistir, bressolant-me cap endavant.

El meu pinyol va colpejar la vora de l'escriptori i em vaig adonar que, si m'arrossegava una mica, podria arribar.

Vaig moure els meus malucs, però ell, com si intuís el meu pla, va agafar els meus malucs, obligant-me a romandre quieta.

En aquell mateix moment, va baixar el cap entre les meves cuixes i es va acostar per donar una llarga xuclada de la meva raja.

Gruñí i després, quan la seva llengua va continuar tornant al meu cul, vaig panteixar.

La seva boca va sortir del meu darrere i vaig balancejar els meus malucs cap enrere perquè seguís.

Em va agafar de nou i va dir:

"Digues-m'ho".

Vaig deixar que el meu cos cridés mentre la meva ment encara es negava.

Es va posar dreta i vaig aixecar el cap de l'escriptori mirant per sobre de l'espatlla.

Havia envainat la seva polla en un condó en algun moment, els seus pantalons estaven oberts sobre els malucs i la seva polla coberta de làtex es balancejava gruixuda i dura.

Vaig observar amb els ulls molt oberts mentre ell acariciava les mans relliscoses per la seva erecció.

Amb les paraules atrapades a la meva gola, ell es va avançar i va pressionar el cap ample i relliscosa del seu penis contra el meu anus.

Ell va sacsejar els malucs empenyent la punta molt lleugerament en el meu darrere.

Vaig esperar l'estirament, la capbussada, però ell no es va moure més.

El vaig mirar trobant ulls blaus amb determinació.

"Digues-me, si us plau", jadeé, "em vols?"

"Fotre, sí", va grunyir, "vull cardar el teu tossut del darrere".

Va ser suficient.

Suficient que vaig cedir.

"Pren-ho. Pren-ho, si us plau, Jeremy, pren-me".

Es va balancejar cap endavant, lentament, molt lentament empenyent el cap de la seva polla al meu darrere.

Jadeé en el procés.

A la picor.

Estava a punt de dir-li que no més quan amb un relliscós pop va lliscar a través de l'ajustat anell de músculs amb la qual cosa va disminuir el dolor.

Va estendre una mà a l'esquena baixa mentre es bressava dins meu.

Assaboriré la sensació de plenitud, sorpresa de com se sentia de bé.

Estava acostumant-me a la lenta sensació de balanceig quan ell va agafar els meus malucs i va començar a empènyer.

Ell va empènyer la seva longitud completa dins i fora de mi.

La sivella del seu cinturó sonava cada cop que tocava fons.

Cada embranzida portava l'arrel del meu clítoris contra l'escriptori.

Vaig sentir un orgasme creixent.

Em vaig prémer amb anticipació i vaig sentir el seu gemec mentre ho feia.

Ho va fer una altra vegada.

Amb cada empenta, apretava el meu darrere amb força al voltant de la seva polla només per escoltar-lo gemegar.

Em va colpejar amb força, estava tan concentrat a sincronitzar les meves encaixades amb les seves empentes que l'orgasme va venir sobre mi gairebé sense previ avís.

Jadeé, em vaig fer enrere i vaig sentir l'estranya i sorprenent sensació del meu darrere contraure's a l'orgasme al voltant de la seva polla.

Ell va grunyir, va empènyer i es va aturar quan els meus músculs es van estremir al voltant de la seva longitud.

Quan el meu orgasme va disminuir, va començar de nou.

Sense ritme va empènyer.

Fotuda curta i després llarga.

Profund i després poc profund.

Fins que, amb un gemec gutural, va cridar:

"Em corrooooo".

Es va desplomar sobre mi i em va pressionar contra l'escriptori.

Va esquitxar petons al llarg del meu coll i el meu omòplat, detenint-se de tant en tant per llepar la suor de la meva pell.

Em vaig quedar quieta, gaudint-ne el pes sobre mi.

Em vaig quedar allà a l'escriptori, nua i amb les cames obertes mentre ell s'aixecava , es desfeia del condó i es redreçava la roba.

Només quan estava assegut al seu escriptori finalment em vaig posar dret.

Tenia un tros de paper enganxat al meu si esquerre.

Havia passat del sublim al ridícul.

El vaig enlairar, li vaig estendre i li vaig dir:

"Espero que això no sigui important".

M'ho va treure amb un somriure.

Primer vaig buscar les meves calces i després, en adonar-me que estaven en dues parts, simplement em vaig col·locar la faldilla aixafada.

La cremallera només va pujar fins a la meitat, trencada a la part superior.

La meva brusa tampoc no estava genial, dos botons havien desaparegut i s'obria davant dels meus pits.

Mentre mirava com havia quedat el meu desastrós vestit, Jeremy s'havia aixecat del seu escriptori i va recollir la jaqueta del vestit.

Me la va lliurar i me la vaig posar.

M'arribava fins a la meitat de la cuixa cobrint la major part del mal.

Mentre m'enrotllava les mànigues massa llargues, Jeremy es va tornar a asseure a l'escriptori davant meu.

"Llavors", va dir, de cop i volta no semblava tan segur de si mateix.

"Aleshores," vaig dir de nou.

"No vull esperar deu mesos més per a això".

La meva boca es va obrir una mica.

La vaig tancar i vaig intentar trobar alguna manera de respondre.

"Nancy, estimada, ets la dona més tossuda i maldestre que he conegut".

Enfurismat, vaig trobar fàcilment paraules per respondre això!

Vaig obrir la boca per escopir algunes veritats casolanes sobre ell quan va estendre la mà i em va posar un dit als llavis, silenciosament.

"M'estimes. T'estimo. ¡Dimonis, ho admetré! Més que voler-te. M'agrades. Cada tossuderia de tu. Ho intentarem".

Quan va dir les paraules, vaig saber que era el que volia.

Allò que realment volia.

"¿De debò? Parles de debò", xiuxiuejo.

"Pots apostar el teu dolç del darrere", va dir tirant de mi cap endavant per prendre la meva boca en un petó de fusió passional.

"Sí", vaig murmurar contra els seus llavis.

"Finalment ho vas reconèixer", va dir, besant-me fort una vegada més.

FINAL

www.ingramcontent.com/pod-product-compliance
Lightning Source LLC
Chambersburg PA
CBHW022017150726
47990CB00002B/689